Le LIVRE de POCHE

JEUNESSE

ALFRED HITCHCOCK

Né à Londres en 1899, mort à Hollywood en 1980, Alfred Hitchcock commence dès 1920 à travailler pour le cinéma ; scénariste et metteur en scène, il devient en moins de dix ans le maître du suspense, avec *Chantage, Les 39 marches, Une femme disparaît,* etc. Installé aux États-Unis depuis 1940, il tourne *Rebecca, L'inconnu du Nord-Express, La mort aux trousses*... Il apparaît non seulement dans chacun de ses films, mais à la télévision et sur les couvertures des recueils et romans qu'il a composés ou inspirés : « Histoires abominables », « Histoires à faire peur », « Histoires à ne pas lire la nuit », et la fameuse série d'aventures des Trois jeunes détectives.

LES DOUZE PENDULES DE THÉODULE

Du même auteur dans
Le Livre de Poche Jeunesse :

Le perroquet qui bégayait

ALFRED HITCHCOCK

LES DOUZE PENDULES DE THÉODULE

Texte français
de Jean Muray

Illustrations :
Sylvie Tagourdeau et Dan Benesch

HACHETTE
Jeunesse

L'édition originale de ce roman,
rédigée avec la collaboration de Robert Arthur,
a paru en langue anglaise chez Random House, New York,
sous le titre :
THE MYSTERY OF THE SCREAMING CLOCK.

Un mot d'Alfred Hitchcock

A tous mon salut amical. Quel plaisir nous allons avoir, vous et moi, à partager les nouvelles aventures de ces garçons remarquables qui ont choisi de s'appeler les Trois jeunes détectives !

Cette fois, c'est un réveil (peu banal : il ne sonne pas, il hurle !), c'est un réveil, dis-je, qui va les attirer au beau milieu d'une espèce de toile d'araignée. Indices, mystères, rebondissements, suspense.

Je suppose que vous connaissez déjà les Trois jeunes détectives. Par conséquent, vous savez qu'ils se nomment Hannibal Jones, Bob Andy et Peter Crentch, et qu'ils habitent la Californie, plus précisément Rocky, petite agglomération sur l'océan Pacifique, à peu de distance d'Hollywood. Cependant, au cas où vous les rencontreriez pour la première fois, laissez-moi ajouter qu'ils ont établi – et caché – leur quartier général dans une vieille roulotte du Paradis de la Brocante, *formidable dépôt de bric-à-brac appartenant à M. et Mme Jones, oncle et tante d'Hannibal. Tout le monde a besoin d'argent de poche. Les Trois jeunes détectives travaillent donc pour M. et Mme Jones... de préférence lorsqu'ils ne sont pas sur une piste.*

Mais assez d'explications. Je m'arrête. Maintenant, place à l'action. Ecoutez bien. Vous allez l'entendre, le réveil !

Chapitre 1

Un étrange réveil !

Le réveil hurla.

C'était le hurlement d'une femme en proie à une terreur mortelle. Un hurlement qui commença très bas, puis monta, monta... et perça finalement les tympans d'Hannibal. Celui-ci sentit un frisson lui parcourir le dos. Il n'avait jamais rien entendu d'aussi terrifiant.

Pourtant, il ne s'agissait que d'un vieux réveil électrique passablement démodé. Hannibal s'était contenté de le brancher, histoire de voir s'il fonctionnait. Résultat : ce hurlement en pleine figure !

Il s'empressa de retirer la prise de courant. Le hurlement cessa. Hannibal poussa un soupir de soulagement. La déchirante voix de femme qui jaillissait de ce réveil avait de quoi vous faire perdre la boule !

Soudain, Hannibal entendit des pas précipités. Bob Andy et Peter Crentch, qui travaillaient dans la cour du *Paradis de la Brocante,* s'arrêtèrent près de lui en dérapant sur le sol.

« Babal, demanda Bob haletant, qu'est-ce qu'il se passe ? »

Peter scruta Hannibal :

« Tu n'es pas blessé, au moins ? »

Hannibal secoua la tête :

« Ouvrez bien vos oreilles. Je veux que vous entendiez quelque chose d'assez peu banal. »

Il rebrancha le réveil et, de nouveau, la voix terrifiante emplit l'atmosphère. Il retira la prise de courant : le hurlement cessa sur-le-champ.

« Nom d'un chien ! s'exclama Peter. Un réveil qui hurle, et Babal appelle ça quelque chose d'assez peu banal ! »

Bob ricana :

« Qu'est-ce qu'il dirait si ce réveil avait des ailes et s'envolait ? Peut-être trouverait-il ce phénomène tout à fait extraordinaire. Un réveil qui hurle ! Moi, pauvre innocent, je ne crois pas m'être jamais trouvé nez à nez avec quelque chose de plus stupéfiant ! »

Hannibal paraissait n'accorder aucune attention aux sarcasmes amicaux de Peter et de Bob. Il prit le réveil, l'examina, le retourna dans sa main.

« Ah ! fit-il d'un ton satisfait.

– Ah ! quoi ? » demanda Peter.

Hannibal expliqua :

« Regardez... là, ce petit levier. Il est à la

Il rebrancha le réveil et, de nouveau...

position « sonnerie ». Je l'abaisse. Puis je remets la prise de courant... »

Dès qu'il fut passé du geste à la parole, le réveil fit entendre un ronronnement étouffé. Rien d'autre.

« Maintenant, voyons ce qui va se passer », reprit Hannibal.

Il remonta le levier à la position « sonnerie ». Immédiatement, le hurlement commença, s'éleva, devint de plus en plus aigu. Hannibal se hâta de débrancher.

« Voilà ! fit-il. Nous avons percé une partie du mystère, la première. Ce réveil ne sonne pas, il hurle.

– Quel mystère ? demanda Peter. Et quelle première partie ?

– Babal estime qu'un réveil qui hurle est un mystère, dit Bob. Il vient de démontrer pourquoi il hurle. »

Hannibal rectifia :

« Je n'ai pas démontré pourquoi il hurle, mais quand. Il faut, pour cela, que le levier soit à la position « sonnerie ». Cependant, vous avez entendu, il ne sonne pas, il hurle. Ça, c'est un mystère, et de taille ! J'ai comme une idée qu'il y a là une enquête intéressante à faire.

– Une enquête ? répéta Peter. Comment t'y prendras-tu, Babal ? Tu as l'intention d'interroger ce réveil ? Et, s'il refuse d'avouer, tu le tortureras ? »

Hannibal haussa les épaules :

« Pour moi, pas de doute. Un réveil qui hurle au lieu de sonner, il y a un mystère là-dessous. Il ne faudrait tout de même pas oublier que nous sommes les Trois jeunes détectives et que nous avons pour devise...

– Enquêtes en tout genre ! » déclamèrent ensemble Peter et Bob.

Peter ajouta :

« D'accord, Babal, il y a un mystère. Mais, je le répète, comment vas-tu t'y prendre pour conduire ton enquête ?

– Je vais découvrir pourquoi ce réveil hurle, bref pourquoi on a modifié son mécanisme, plutôt sa sonnerie. En ce moment, nous n'avons pas d'enquête sur les bras. Je propose donc que nous nous occupions sérieusement de cette affaire, et sans le moindre retard. Pour commencer, nous allons voir ce qu'il a dans le ventre, notre réveil hurleur !

– Oh ! non, grommela Peter. Il faudrait d'abord tracer les grandes lignes d'un plan. »

Mais Bob, lui, était intéressé :

« Vas-y, Babal ! »

Hannibal ouvrit le tiroir de l'établi à portée de sa main et y prit une boîte à outils. Les garçons se trouvaient dans leur atelier, au cœur même du *Paradis de la Brocante* dont Titus et Mathilda Jones, oncle et tante d'Hannibal, étaient à la fois propriétaires et directeurs. Là, cachés aux regards indiscrets, ils pouvaient travailler en toute tranquillité.

Sur l'un des côtés de l'atelier et lui servant en quelque sorte d'abri, un énorme tas formé d'objets divers, poutrelles d'acier, rondins, caisse à claire-voie (on y voyait même un de ces toboggans utilisés dans les cours de récréation), avait été assez adroitement construit pour cacher aussi une petite roulotte, quartier général des Trois jeunes détectives. Ceux-ci pénétraient dans la roulotte par des entrées secrètes, trop étroites pour les adultes. Mais, à cet instant, c'était dans leur atelier qu'ils s'affairaient.

Hannibal prit un tournevis et démonta le dos du réveil. Puis il scruta l'intérieur. Et, au bout de quelques secondes, il fit de nouveau :

« Ah ! »

En même temps, avec le tournevis, il montrait quelque chose qui semblait avoir été ajouté : un disque aussi grand qu'une pièce d'un dollar, mais plus épais.

« C'est ce disque, j'en suis persuadé, qui produit les hurlements, dit-il. Quelqu'un de très habile en mécanique l'a substitué à la sonnerie.

– Pourquoi ? demanda Bob.

– Tel est le mystère. Si nous voulons y voir un peu plus clair, il faut d'abord que nous sachions qui a fait ce travail.

– Moi, bougonna Bob, je ne vois pas comment nous pourrions y arriver !

– Tu ne raisonnes pas comme un véritable détective, dit Hannibal. Fais un effort de réflexion, que diable ! Une enquête comme celle-ci, par quel bout la prendrais-tu ?

– Eh bien, il me semble que j'essaierais de découvrir la provenance du réveil.

– Pas mal. Et comment procéderais-tu ? »

Ce fut Peter qui répondit :

« Ce réveil est arrivé avec un tas de vieilleries au *Paradis de la Brocante.* Je suppose, Babal, que ton oncle l'a acheté. Peut-être sait-il d'où il provient.

– M. Jones achète beaucoup de choses, commenta Bob d'un air sceptique. Il ne garde pas toujours trace de leur provenance.

– Exact, Bob, fit Hannibal. Cependant, Peter a raison. Il faut, en premier lieu, demander à oncle Titus s'il sait d'où vient le réveil. Il me l'a donné il y a juste une demi-heure, avec cette boîte pleine d'autres objets. Voyons un peu ce qu'elle contient. »

En effet, une boîte de carton était posée sur l'établi. Hannibal y plongea la main. Il en retira un hibou empaillé qui perdait ses plumes; une brosse à habits usée aux trois quarts; une lampe dont le pied « col de cygne » était brisé; un vase ébréché; deux serre-livres représentant des têtes de chevaux et différentes « vieilleries » comme avait dit Peter, presque toutes cassées et sans doute inutilisables.

« Quelqu'un a fourré tout cela dans cette boîte et a jeté la boîte sur une décharge, remarqua Hannibal. Là, elle a été récupérée par un chiffonnier, puis vendue à oncle Titus. Mon oncle achète à peu près tout. Il compte sur notre habileté à rafistoler les objets et à les rendre vendables.

– Moi, dit Peter, je ne donnerais pas un dollar de tout le lot. Bien sûr, il y a le réveil. Il semble en assez bon état. Malheureusement, il ne sonne pas, il hurle. Je n'aimerais guère recevoir le matin ce hurlement dans les oreilles ! »

Hannibal resta un instant songeur. Puis :

« Imaginez que vous vouliez faire peur à quelqu'un... jusqu'à la mort. A la place du réveil habituel, vous mettez en douce celui-ci dans la chambre. Le lendemain, hurlement prolongé, déchirant. Résultat : crise cardiaque.

– Tu crois, Babal, qu'une chose pareille a pu se produire ? demanda Bob.

– Je n'en ai pas la moindre idée, répondit Hannibal. J'envisageais simplement une hypothèse... Maintenant, allons interroger oncle Titus au sujet de notre réveil. »

Sur ces mots, Hannibal, suivi de Peter et de Bob, sortit de l'atelier et se dirigea vers la cabane qui, placée à l'entrée du *Paradis de la Brocante,* servait de bureau. Hans et Conrad, les deux robustes employés d'oncle Titus, rangeaient par tas, avec soin, des objets encore négociables. Un peu plus loin, oncle Titus en personne examinait d'autres objets en très mauvais état. C'était un homme de petite taille, aux yeux brillants, et dont la lèvre supérieure s'ornait d'une énorme moustache.

« Eh bien, les enfants ? fit-il en voyant les trois

garçons s'approcher de lui. Quand vous voudrez gagner un peu d'argent de poche, j'ai là pas mal de camelote qui aurait bien besoin d'être réparée et repeinte.

– Nous nous en occuperons dès que possible, oncle Titus, promit Hannibal. Pour l'instant, nous nous intéressons à ce réveil. Il était dans une boîte que tu m'as remise tout à l'heure. Peux-tu nous dire d'où elle vient ? »

M. Jones se plongea dans une réflexion profonde :

« Pas facile. Tout ce que je sais, c'est que je l'ai eue gratuitement... avec d'autres bricoles que j'avais achetées. Le vendeur me l'a laissée comme ça, par-dessus le marché, avec le reste. C'est un chiffonnier qui habite... sur la route d'Hollywood, je crois. Il va chez les gens, vide les greniers, les caves, et vend ce qui garde un peu de valeur.

– Oncle Titus, as-tu retenu le nom de ce chiffonnier ?

– Je n'ai retenu que son prénom : Tom. Rien d'autre. D'ailleurs, je l'attends ce matin. Il doit m'apporter un nouveau chargement. Tu pourras le questionner. »

A ce moment, une vieille camionnette franchit le seuil du *Paradis de la Brocante.* Un homme barbu, vêtu d'une salopette, en descendit.

« Justement, le voilà, dit M. Jones. Salut, Tom.

– Salut, Titus. Je vous apporte un chargement. Premier choix. Et c'est du presque neuf.

– Vous voulez dire du pas trop vieux ! gloussa

M. Jones. Ecoutez, je vous en donne dix dollars, sans même y jeter un regard. »

Tom se hâta de répondre :

« Tope là. Où est-ce que je mets ça ? Ici ?

– Non, derrière le bureau. Mais, auparavant, mon neveu Hannibal a quelque chose à vous demander.

– Vas-y, garçon, j'écoute, dit Tom.

– Eh bien, voilà, commença Hannibal. Nous cherchons d'où provient une boîte de carton que vous avez donnée à mon oncle. Parmi les objets qu'elle contenait, il y avait ce réveil. Nous avons pensé que vous auriez peut-être une idée... »

Tom ricana :

« Des réveils comme celui-là, j'en ramasse une douzaine par semaine. Une idée ? Non... vraiment non. »

Bob prit la parole :

« La boîte contenait aussi un hibou empaillé. Ça ne vous dit rien ?

– Un hibou ? Si, ça me dit quelque chose. C'est pas tous les jours que je trouve un hibou. Je me souviens de celui-là. Je l'ai déniché dans une maison... Donnez-moi une minute que je réfléchisse. C'était chez... »

A la fin, Tom secoua la tête :

« Désolé. Vous comprenez, il y a de cela deux semaines. Oui, j'ai gardé la boîte en carton deux semaines dans mon garage. Où me l'avait-on donnée ? Décidément, je ne me souviens pas. »

Chapitre 2

Hannibal trouve un indice

« Voilà une enquête arrêtée avant même d'avoir commencé, remarqua Peter. Etant donné que nous n'arrivons pas à savoir d'où vient le réveil, il nous est impossible de... Babal, qu'est-ce que tu fabriques ? »

Les Trois jeunes détectives avaient regagné leur atelier. Dans ses mains, Hannibal tournait et retournait la boîte de carton, maintenant vide, qui avait contenu le réveil.

« Sur une boîte, dit-il, il y a quelquefois l'adresse de la personne à laquelle on l'a envoyée... »

Bob déclara :

« C'est tout à fait le genre des boîtes utilisées par les épiciers.

– Tu as raison, approuva Hannibal. En tout cas, il n'y a pas d'adresse.

– C'est bien ce que je disais, reprit Peter. Voilà une enquête qui... »

De nouveau, il s'interrompit :

« Bob, qu'est-ce que tu fais ? »

Bob ramassait un papier, de forme rectangulaire, qui venait de voltiger jusque sous la presse à imprimer.

« Il est tombé de la boîte, dit-il à Hannibal. Il y a dessus quelque chose d'écrit.

– Sans doute une liste de produits d'épicerie », suggéra Peter.

Il s'approcha de Bob. En effet, sur le papier, il y avait quelques courtes phrases, écrites à l'encre. Hannibal les lut à haute voix :

Cher Rex,
Demandez à Imogène,
Demandez à Gérald,
Demandez à Martha,
Puis passez à l'action ! Le résultat vous surprendra. Même vous.

Bob s'exclama :

« Ça alors ! Qu'est-ce que ça peut bien signifier ? »

Peter gémit :

« Demandez à Imogène ! Demandez à Gérald ! Demandez à Martha ! Qui sont ces gens ?

Qu'est-ce que nous sommes censés leur demander ? Et pourquoi ?

– J'ai l'impression qu'il y a là une partie du mystère du réveil », observa Hannibal.

Bob sursauta :

« Qu'est-ce qui te fait dire ça, Babal ? Il ne s'agit que d'un bout de papier qui était dans la boîte. Comment pourrions-nous affirmer qu'il a un rapport quelconque avec le réveil ? »

Hannibal regarda ses compagnons :

« Ce rapport existe, j'en ai nettement l'impression. Examinez le papier. Il a été découpé avec des ciseaux. Longueur environ dix centimètres, largeur cinq. Je le retourne. Que voyez-vous ?

– De la colle sèche, semble-t-il, suggéra Bob.

– Exactement. Ce papier a dû être collé à quelque chose. Maintenant, je retourne le réveil. Là, dessous, vous voyez ce petit espace. Vous constatez que le papier s'y place exactement. Ensuite, j'enlève le papier, je passe mon doigt sur le métal. Je sens quelque chose. Pas de doute, c'est de la colle sèche. La déduction est simple : le papier était collé contre le fond du réveil hurleur. Et ce qui l'a détaché, ce sont les secousses données au réveil quand il était dans la boîte. »

Peter ne paraissait pas satisfait de cette explication :

« Ça ne tient pas debout. Qui aurait l'idée de coller un message incompréhensible comme celui-là contre le fond d'un réveil ?

« Le papier était collé contre le fond du réveil... »

– Un mystère, pour en être un vraiment, doit être mystérieux, répliqua Hannibal.

– D'accord, Babal, admit Peter. N'empêche que nous ne sommes pas plus avancés. Au contraire. Nous voilà revenus à notre point de départ. Nous sommes toujours incapables de savoir d'où provient le réveil... Babal, qu'est-ce que tu fais encore ?

– Je gratte la colle sèche sur le fond du réveil, expliqua Hannibal. On dirait qu'il y a quelque chose dessous. Des lettres gravées, petites, très petites, et pleines de colle. On ne pourrait les lire. Vite, au P.C. »

Il passa derrière la presse à imprimer, déplaça un grillage qui semblait se trouver là par hasard, et il démasqua un énorme tuyau de tôle d'une dizaine de mètres, dans lequel, l'un après l'autre, les Trois jeunes détectives s'engagèrent. C'était ce qu'ils appelaient le Tunnel numéro 2. Ils y avaient étendu de vieux tapis, afin de ne pas s'écorcher au contact de la tôle. Ce passage secret, en partie souterrain, les conduisait directement à leur quartier général, à leur P.C. comme ils disaient entre eux.

A l'extrémité du tuyau, Hannibal souleva une trappe. Les trois amis se hissèrent jusqu'au minuscule bureau du P.C. Cela faisait déjà longtemps qu'ils y avaient rassemblé une table, un petit classeur, une machine à écrire, un magnétophone et un appareil téléphonique. Hannibal alluma la lampe qui pendait au plafond. Puis, ayant pris, dans le tiroir de la table, une grande loupe, il examina le fond du réveil, hocha la tête, et tendit la loupe et le réveil à Bob.

Celui-ci se livra au même examen et put en effet déchiffrer un nom gravé en lettres minuscules dans le métal : *A. Felix.*

« Qu'est-ce que ça signifie ? demanda-t-il.

– Je crois que nous allons bientôt le savoir,

répondit Hannibal. Peter, passe-moi l'annuaire, le volume des professions. »

Dès que Peter le lui eut remis, Hannibal le feuilleta. Il ne tarda pas à pousser une exclamation de triomphe :

« Regardez ! »

A la rubrique « Horlogers », il y avait un encadré publicitaire : *A. Felix, horloger. Tous travaux spéciaux.* Suivaient une adresse à Hollywood et un numéro de téléphone.

Hannibal crut devoir renseigner ses compagnons :

« Les horlogers gravent souvent un numéro de code sur les montres, les réveils et les pendules qu'ils réparent. Cela leur permet d'identifier l'objet s'il leur revient. Parfois aussi ils gravent leur nom, quand ils sont fiers de ce qu'ils ont accompli. J'ai l'impression que nous avons déniché celui qui a trafiqué notre réveil, bref celui qui l'a fait hurler. Dans notre enquête, c'est un premier pas en avant, le premier indice. Maintenant, il faut aller demander à M. Felix de nous indiquer le nom de la personne qui lui a confié ce travail. »

Chapitre 3

Sur la piste

L'horlogerie d'A. Felix n'était qu'une petite boutique située dans une rue voisine du célèbre Hollywood Boulevard.

« Vous pouvez nous arrêter ici, Warrington », dit Hannibal.

Warrigton était un chauffeur anglais. Au volant d'une superbe et très démodée Rolls-Royce dorée sur tranche, il avait amené de Rocky les Trois jeunes détectives. C'était à la suite d'un concours, qu'il avait gagné, que Hannibal pouvait utiliser à sa guise le chauffeur et la voiture. Cependant, peu de temps auparavant, les garçons avaient eu chaud. Le délai accordé par le jury du concours venant à expiration, allaient-ils pouvoir continuer leurs enquêtes ? Ils savaient, par expérience, que les distances, en Californie, étaient grandes. Mais un miracle s'était produit. Grâce à la générosité d'un certain Auguste, qu'ils avaient aidé puissamment à entrer cn possession d'un héritage considérable, ils pouvaient de nouveau se servir de la fabuleuse voiture et de son chauffeur.

« Très bien, monsieur Hannibal », répondit Warrington avec dignité.

Il arrêta la Rolls-Royce. Les garçons descendirent.

Ils regardèrent la boutique à travers une étroite vitre poussiéreuse sur laquelle s'écaillait la peinture d'une inscription : *A. Felix.* La vitrine était pleine de pendules et de réveils anciens et moder-

« Vous pouvez nous arrêter ici, Warrington. »

nes, les uns petits, les autres assez grands, certains très simples, quelques-uns ornés de fleurs et d'oiseaux. Soudain, la porte d'une pendule en bois s'ouvrit. Un minuscule personnage apparut, s'avança, brandit une trompette et lança plusieurs notes pour indiquer l'heure.

« Voilà qui me plairait assez, observa Peter. Une trompette, c'est tout de même plus agréable que des hurlements.

– Entrons, proposa Hannibal. Il faut savoir si M. Felix a quelque chose à nous apprendre. »

Dès qu'ils eurent franchi le seuil, ils eurent l'impression d'être environnés par les bourdonnements d'un million d'abeilles. Puis ils se rendirent compte que ces bourdonnements provenaient de plus de cent réveils et pendules fonctionnant ensemble.

Par un couloir situé au fond de la boutique et bourré lui aussi de pendules et de réveils, un petit homme, presque un nain, s'avança vers les visiteurs. Il portait un tablier de cuir. Ses sourcils blancs étaient broussailleux, ses yeux noirs et très vifs.

« Y a-t-il quelque chose qui vous intéresserait particulièrement ? demanda-t-il d'un ton jovial. Ou bien désirez-vous simplement faire réparer une montre ? »

Hannibal répondit :

« Non, monsieur. Nous voudrions vous consulter au sujet de ce réveil. »

Il portait un sac à fermeture à glissière. Il

l'ouvrit, y prit le réveil hurleur et le posa sur le comptoir.

M. Felix l'examina un moment, puis :

« Un réveil électrique, et pas de première jeunesse. Quant à sa valeur... peuh ! Je ne crois pas qu'il vaille la peine d'être réparé.

– Il ne s'agit pas de le réparer, monsieur, dit Hannibal. Si ça ne vous fait rien, voulez-vous le brancher ? »

L'horloger haussa les épaules et brancha le réveil.

« Maintenant, voulez-vous être assez aimable pour mettre la sonnerie. »

M. Felix s'exécuta. Immédiatement, le terrible hurlement emplit la petite boutique. L'horloger se hâta d'abaisser le levier de la sonnerie. Le hurlement s'atténua, ne fut bientôt plus qu'un murmure. M. Felix retourna le réveil, l'examina de nouveau, sourit :

« Maintenant, je me souviens. Un travail bizarre, une sorte de farce. Mais j'en ai fait bien d'autres du même genre !

– C'est donc vous qui l'avez fait hurler ? demanda Peter.

– Oui, c'est moi. Assez ingénieux, n'est-ce pas ? Malheureusement, je ne puis vous révéler pour qui j'ai exécuté ce travail. Secret professionnel ! Tous mes travaux sont confidentiels !

– Bien sûr, monsieur, reprit Hannibal. Cependant, voyez-vous, ce réveil a été trouvé sur une décharge. Peut-être l'y a-t-on jeté par erreur. Le propriétaire avait dû vous payer un bon prix pour cette transformation. Il se peut qu'il soit très ennuyé d'avoir perdu son réveil. Nous voudrions le lui porter.

– Je comprends... », dit M. Felix, pensif.

Bob intervint :

« Nous espérons aussi recevoir une récompense. »

M. Felix inclina plusieurs fois la tête :

« Ce serait normal. En effet, ce réveil n'a pu être jeté sur une décharge que par erreur. Il marche très bien. Dans ces conditions, pourquoi ne vous donnerais-je pas les renseignements dont je dispose ? Le nom du client pour lequel j'ai exécuté ce travail est... Tick. »

Surpris, Bob et Peter répétèrent :

« Tick ?

– Oui, T. Tick. Comme tic-tac ! J'ai toujours pensé que c'était une blague. Et il ne m'a pas apporté que ce réveil. De temps en temps, il m'apportait une pendule, une pendulette. »

Hannibal réfléchissait :

« En effet, ça n'a pas l'air d'un vrai nom. Mais, s'il vous a donné son adresse, nous pourrons toujours aller le voir.

– Hélas ! il ne m'a donné qu'un numéro de téléphone. Rien ne vous empêche de l'appeler. »

Sur ces mots, M. Felix plongea derrière son comptoir et reparut chargé d'un énorme registre. Il l'ouvrit, tourna quelques pages :

« Voilà, T. Tick. Numéro de téléphone... »

Bob avait en hâte tiré un carnet de sa poche et notait le numéro.

« Vous n'avez rien d'autre à nous apprendre, monsieur ? » demanda Hannibal.

L'horloger secoua la tête :

« Non, rien. Je vous en ai peut-être déjà trop dit. Maintenant, messieurs, veuillez m'excuser. Ce n'est pas l'ouvrage qui me manque. Et le temps est précieux. Il ne faut pas le gaspiller. Au revoir, au revoir ! »

Et M. Felix trottina vers le fond de sa boutique. Hannibal se redressa de toute sa taille et dit en sortant de l'horlogerie avec ses compagnons :

« Nous avons fait quelque progrès. Maintenant, nous allons téléphoner. J'ai aperçu tout à l'heure une cabine au coin de la rue. »

Quand il entra dans la cabine, Peter lui demanda :

« Qu'est-ce que tu vas dire, Babal ?

– Je vais me débrouiller pour avoir l'adresse. »

Afin de mieux entendre la conversation, Bob et Peter s'entassèrent avec lui dans la cabine. Hannibal glissa une pièce de monnaie dans la fente, posa son index sur le cadran et composa le numéro. Au bout d'un moment, une voix de femme se fit entendre.

« Bonjour, madame », dit Hannibal en s'efforçant de prendre l'intonation d'un adulte.

Il avait des dons d'imitation qui lui rendaient parfois de sérieux services.

« Ici, reprit-il, la compagnie des téléphones.

Nous avons des ennuis. Il y aurait des erreurs dans les transmissions...

– Des erreurs dans les transmissions ? répéta la femme. Je ne comprends pas.

– Nous avons des plaintes. Certaines personnes obtiennent de mauvais numéros. Pourriez-vous me donner l'adresse d'où vous me parlez ? Cela faciliterait nos vérifications.

– L'adresse ? C'est facile, 309 Franklin Street. Mais je ne vois toujours pas comment... »

Elle fut interrompue par un hurlement. Mais un hurlement qui, par sa gravité et sa sonorité, ne pouvait être poussé que par un homme en pleine force, et qui, de surcroît, devait avoir terriblement peur. Les trois garçons en auraient sursauté, s'ils n'avaient pas été serrés les uns contre les autres, dans la cabine.

Le hurlement cessa. Hannibal appela :

« Madame ! »

Mais il n'y avait plus personne au bout du fil.

Chapitre 4

Hannibal revient à la charge !

« Nous sommes presque arrivés, Warrington, dit Hannibal. Ralentissez. Cela nous permettra de chercher le numéro.

– Très bien, monsieur Hannibal », répondit le chauffeur.

Il s'engagea lentement dans Franklin Street. Cette rue se trouvait au cœur de l'ancien quartier élégant de la ville. A droite et à gauche, les maisons étaient vastes, mais assez délabrées.

« Halte ! cria Peter. Nous y sommes. »

Warrington arrêta la Rolls-Royce le long du trottoir. Les garçons descendirent, examinèrent la maison. Les stores étaient baissés. L'immeuble entier donnait une impression d'abandon. Deux marches permettaient d'accéder à la porte. Les

Trois jeunes détectives les gravirent. Hannibal sonna.

Une longue minute s'écoula avant que la porte ne s'ouvrît en grinçant. Une femme apparut sur le seuil. Elle n'était pas vraiment âgée. Mais son visage aux traits tirés avait une expression de tristesse.

« Je vous prie de m'excuser, dit Hannibal. Puis-je parler à M. Tick ?

– M. Tick ? répéta la femme en levant des sourcils étonnés. Il n'y a personne ici de ce nom.

– Ce n'est peut-être pas son vrai nom, reprit Hannibal. Il s'intéresse aux réveils, aux pendules. Et il habite ici. Du moins, il y a habité...

– Réveils ? Pendules ? Sans doute faites-vous allusion à M. Hadley ? Malheureusement, M. Hadley est... »

La femme fut interrompue par une voix impérieuse :

« Ne leur dis rien, maman ! »

Et un garçon aux cheveux noirs, de dix-sept ans environ, vint se planter entre elle et les Trois jeunes détectives. Sourcils froncés, il scruta les visiteurs et insista :

« Maman, je ne veux même pas que tu leur adresses la parole ! Referme la porte. Ils n'ont rien à faire ici. Rien ne les autorise à nous poser des questions.

– Voyons, Harry, il faut être au moins poli ! répliqua la mère sur un ton de reproche. Ces garçons semblent bien élevés. Ils cherchent

M. Hadley. En tout cas, c'est ce que je crois comprendre. »

Hannibal demanda tout à trac :

« Etait-ce M. Hadley qui hurlait tout à l'heure ? »

Harry le regarda fixement.

« Oui, c'était lui ! brailla-t-il. Il a hurlé avant de rendre le dernier soupir. Maintenant, fichez le

Les garçons examinèrent la maison...

camp. Il faut que nous enterrions M. Hadley. »

Et, sans plus attendre, il referma la porte au nez des visiteurs.

« Tu as entendu ! s'exclama Peter. Ils ont tué quelqu'un, et ils sont dans l'obligation de l'enterrer !

– Vous ne croyez pas qu'il faudrait appeler la police ? suggéra Bob.

Il tira une carte de sa poche et la tendit à Harry...

– Pas encore, dit Hannibal. Nous n'avons pas assez de faits précis. Et puis, il faut de nouveau essayer d'entrer dans cette maison.

– Par la ruse ? » demanda Bob.

Hannibal secoua la tête :

« Non. Il est indispensable que ces gens nous laissent entrer de bon gré. Regardez : Harry nous surveille. Il est posté à la fenêtre, près de la porte. Donc, je reviens à la charge. »

Il appuya sur le bouton de la sonnette, plus

longtemps que la première fois. La porte s'ouvrit soudain.

« Je vous ai déjà dit de partir ! cria Harry. Ce n'est pas le moment de nous embêter !

– Telle n'est pas notre intention, répliqua vivement Hannibal. Nous enquêtons sur des faits mystérieux. Nous avons besoin de votre aide. Tenez, voilà notre carte. »

D'un geste prompt, il tira une carte de sa poche et la tendit à Harry. Celui-ci la prit et lut :

LES TROIS JEUNES DÉTECTIVES
Enquêtes en tout genre
? ? ?
Détective en chef : HANNIBAL JONES
Détective adjoint : PETER CRENTCH
Archives et recherches : BOB ANDY

Harry eut un ricanement :

« Qu'est-ce que c'est que ces points d'interrogation ? Ils signifient peut-être que vous ne savez pas ce que vous faites ?

– Ils représentent des mystères qui n'ont pas encore été percés, des énigmes dont on n'a pas encore trouvé la clef, expliqua Hannibal. Notre devise figure sur la carte : *enquêtes en tout genre.* En ce moment, nous enquêtons sur un réveil très étrange. D'ailleurs, le voilà. »

Il prit le réveil dans son sac et le plaça presque sous le nez d'Harry. Celui-ci, obéissant à la curiosité, ne put s'empêcher de l'examiner :

« Qu'a-t-il de si étrange ?

– Je vais vous le prouver, si vous nous permettez d'utiliser une prise de courant », dit Hannibal.

Et, comme s'il était certain que Harry ne lui refuserait pas d'entrer, il franchit le seuil. Peu après, les trois visiteurs se trouvaient dans un vestibule sombre et étroit. A droite, un escalier donnait accès au premier étage. A gauche, se dressait une grande horloge dont le balancier faisait tic-tac, tic-tac. Près de cette horloge, il y avait une table sur laquelle était posé un appareil téléphonique.

Bob et Peter regardaient de tous côtés, espérant découvrir le corps de M. Hadley. Mais ils ne virent rien de suspect. En revanche, Hannibal repéra une prise de courant à côté de l'horloge.

« Je branche le réveil, expliqua-t-il. Puis je mets ce petit levier à « sonnerie ». Ecoutez ! »

Le hurlement habituel s'éleva, devint si déchirant que, dans ce vestibule assez sombre, Bob et Peter en avaient la chair de poule.

Hannibal se hâta de débrancher.

« Eh bien, demanda-t-il à Harry, pensez-vous toujours que ce réveil ne vaut pas la peine qu'on entreprenne une enquête à son sujet ?

– Je le pense plus que jamais ! répliqua le jeune homme avec un accent brutal. N'importe qui peut faire hurler un réveil ou une pendule, peu importe. Je vais vous le prouver immédiatement. A votre tour, écoutez ! »

De derrière l'horloge, il tira un fil électrique à l'extrémité duquel il y avait une fiche. Puis il enfonça cette fiche dans la prise de courant. Alors, les trois garçons sentirent leurs cheveux se dresser sur leurs têtes. Une voix d'homme, qui avait débuté par un gémissement, montait, montait sans cesse, se changeait petit à petit en un hurlement. Enfin, au bout d'un moment, elle perdit de son intensité, s'éloigna, comme si l'homme tombait d'une haute falaise.

La grande horloge avait hurlé ! Hannibal, Bob et Peter eurent la même pensée : « C'est le hurlement que nous avons entendu tout à l'heure dans la cabine téléphonique ! »

D'une pièce située à l'extrémité du vestibule, la femme accourut :

« Pour l'amour de Dieu, Harry, ne me casse pas les oreilles ! Qu'est-ce que... »

En apercevant les Trois jeunes détectives, elle s'arrêta, gênée :

« Harry, pourquoi les as-tu laissés entrer ? Que veulent-ils ?

– Ils ont un réveil qui hurle, répondit Harry en retirant la fiche de la prise de courant. Un petit réveil que je vois pour la première fois, mais qui a dû appartenir à M. Hadley. »

Il prit le réveil sur la table et le montra à sa mère. Elle secoua la tête :

« Moi aussi, je le vois pour la première

fois. Tu es sûr qu'il appartient à M. Hadley ?

– A peu près sûr, maman. Seul M. Hadley avait la manie de faire transformer un réveil banal en réveil hurleur.

– C'est vrai... du moins je le crois. Mais où ces garçons ont-ils pu se procurer un réveil comme celui-là ?

– Ça, je ne le sais pas encore », répondit Harry.

Sa colère était tombée. Sa voix commençait même à avoir un accent presque amical.

« Ces garçons, reprit-il, sont des espèces d'enquêteurs. Ils se prétendent détectives. En tout cas, puisqu'ils possèdent l'un des réveils de M. Hadley, nous aurions peut-être intérêt à savoir ce qu'ils veulent. »

Il ouvrit une porte et fit signe aux visiteurs d'entrer. Ceux-ci se trouvèrent dans une bibliothèque spacieuse. Quelques tableaux peints à l'huile étaient accrochés aux murs lambrissés. Les trois garçons virent leurs reflets dans une glace qui, placée tout au fond, faisait paraître la pièce encore plus vaste. Des étagères, où se pressaient des centaines de livres, montaient du plancher au plafond.

Mais le plus remarquable était les réveils, pendulettes, pendules, horloges, posés çà et là, sur les tables, sur les étagères, même sur le plancher. Il eût été difficile de les dénombrer. Vingt, trente, cinquante. Les seules pendules s'élevaient au nombre de douze. Tous ces objets, anciens et visiblement précieux, avaient été électrifiés. En effet, ils ne produisaient pas l'habituel tic-tac, mais un bourdonnement monotone.

« Vous voyez ces réveils, ces pendules ? dit Harry. Eh bien, je vais vous faire une révélation. Ils hurlent tous ! »

Chapitre 5

Pour tous les goûts...

Quel concert !

Cela commença par un cri aigu de bébé effrayé. A ce cri succédèrent les beuglements d'un homme furieux. Ces beuglements cédèrent la place aux grondements d'un animal, certainement une panthère. Après quoi, ce furent, jaillissant de tous côtés et se mêlant, des voix qui gémissaient, braillaient, rugissaient et formaient un concert si terrifiant que les trois garçons, assis côte à côte sur un canapé, se sentaient glacés jusqu'aux os.

Installé devant un pupitre, Harry manipulait des manettes qui lui permettaient de diriger à sa fantaisie cet étrange orchestre. Maintenant, les visiteurs ne pouvaient en douter : toutes les pendules, toutes les pendulettes et tous les réveils rassemblés dans cette pièce étaient pourvus, comme le vieux réveil auquel ils s'intéressaient, d'un mécanisme spécial. Harry, avec l'aisance que donne une longue habitude, les déclenchait soit l'un après l'autre, soit ensemble.

Il jeta aux trois garçons un sourire en coin, abaissa les manettes et dit, lorsque le silence fut rétabli :

« Je parie que vous n'avez jamais rien entendu de semblable. Maintenant, comprenez-vous pourquoi votre réveil ne m'étonne pas ? Ces trucs-là, je les connais depuis longtemps.

– Cette pièce est-elle insonorisée ? demanda Hannibal. Si elle ne l'est pas, les voisins vont sûrement nous envoyer la police !

– Elle l'est, tranquillisez-vous. C'est ici que M. Hadley s'asseyait souvent, le soir, et mettait tous ces bidules en marche. Il m'a mis au courant avant de... Bref, il m'a mis au courant.

– Que lui est-il arrivé ? » dit Hannibal.

Harry répliqua avec un regard flamboyant :

« Rien, voyons ! Qu'aurait-il pu lui arriver ?

– Vous venez de dire : « Il m'a mis au courant « avant de... » Pourquoi n'avez-vous pas terminé votre phrase ?

– Il est parti, voilà tout. D'ailleurs, qu'est-ce que ça peut faire ? »

Hannibal expliqua :

« Nous commençons une enquête au sujet d'un réveil qui hurle. Et voilà que nous tombons

dans une pièce où il y a des réveils, des pendulettes, des pendules, des horloges. Et tout cela hurle à qui mieux mieux ! J'ai l'impression que le mystère s'approfondit. Pourquoi tous ces réveils qui hurlent, toutes ces pendules ? Ça ne tient pas debout !

– En effet, ça ne tient pas debout, renchérit Peter. Je n'ai jamais rien vu d'aussi farfelu ! »

Harry se tenait maintenant sur la défensive :

« C'était la passion, la marotte de M. Hadley. Est-ce que cela s'explique ? Il voulait quelque chose de vraiment original. Alors il a collectionné les réveils et les pendules qui hurlent. »

Et, s'adressant plus spécialement à Hannibal :

« Vous n'avez pas de marotte, vous ?

– Si. J'aime chercher la clef de certains mystères, comme celui pour lequel nous sommes ici en ce moment, mes camarades et moi.

Cela commença par un cri aigu de bébé effrayé.

– Je vous ai déjà dit qu'il n'y a pas de mystère !

– C'est possible, admit Hannibal. Cependant, j'ai l'impression que quelque chose vous tracasse. Votre attitude est celle de quelqu'un qui a pris tout le monde en grippe. Confiez-vous à nous. Pourquoi pas ? Nous pourrions peut-être vous aider.

– Comment pourriez-vous m'aider ? répliqua Harry avec violence. Rien ne me tracasse. Une seule chose me gêne : votre présence. Je vous prie de me laisser tranquille, bref de débarrasser le plancher. »

Il se précipita vers la porte, l'ouvrit :

« Par ici la sortie ! Et n'y revenez pas. Sinon, je... »

Il s'arrêta brusquement. L'autre porte, celle qui donnait sur la rue, venait elle aussi de s'ouvrir. Un homme de taille moyenne, mais dont les épaules paraissaient d'une largeur exceptionnelle, franchit le seuil. Il regarda Harry, puis les visiteurs.

« Qu'est-ce que c'est, Harry ? demanda-t-il en fronçant les sourcils. Vous avez amené des amis, pour vous amuser... et me gêner ? Vous savez pourtant que j'ai besoin d'un repos absolu. »

Harry répondit d'un ton maussade :

« Nous ne faisons pas de bruit, monsieur Jitters. D'ailleurs, vous n'ignorez pas que la bibliothèque est insonorisée. »

L'homme scruta longuement Bob, Peter et

Hannibal, comme s'il voulait graver leurs physionomies dans sa mémoire.

« Il faut que j'aie une petite conversation avec votre mère », déclara-t-il à la fin.

Et il commença de gravir l'escalier.

Bob, stupéfait, demanda à Harry :

« Pourquoi ne veut-il pas que vous receviez des amis ? Vous êtes chez vous ici, n'est-ce pas ?

– Non, expliqua Harry, cette maison appartient à M. Hadley. Ma mère n'en est que la gardienne. Elle ne remplit cet emploi que depuis le départ de M. Hadley. Pour pouvoir subvenir aux frais d'entretien de la maison, nous louons le premier étage à M. Jitters. Maintenant, je vous conseille de partir. Vous m'avez déjà causé assez d'ennuis !

– Très bien, dit Hannibal. Bob et Peter, vous venez ? Quant à vous, Harry, merci de nous avoir montré la collection de M. Hadley. »

Précédant ses compagnons dans le vestibule, Hannibal prit au passage le réveil qu'il avait posé sur la table, près de l'appareil téléphonique, et il le remit dans son sac. Puis tous les trois sortirent de la maison et se dirigèrent vers l'endroit où Warrington les attendait au volant de la Rolls-Royce.

« Nous n'avons guère progressé, bougonna Peter en montant dans la voiture. N'importe qui a le droit de collectionner des pendules et des réveils hurleurs. Du moins, je le suppose. Ton enquête, Babal, m'a tout l'air d'être dans le lac !

– J'en ai peur », dit Hannibal.

Il se pencha vers le chauffeur :

« Puisque nous sommes à Hollywood, Warrington, arrêtez-nous donc aux World Studios. Nous essaierons d'être reçus par M. Hitchcock. Il se peut que notre réveil l'intéresse.

– Très bien, monsieur Hannibal », répondit Warrington en mettant le moteur en marche.

Mais Bob lança soudain :

« Un instant, Warrington ! »

Harry Smith venait de sortir de la maison et accourait. Peter se hâta d'abaisser l'une des vitres. Harry se pencha à l'intérieur et déclara d'une voix essoufflée :

« Je suis heureux de vous avoir rattrapés... J'ai pris une décision. Après tout, puisque vous êtes détectives, vous pouvez peut-être nous rendre service. Mon père est en prison pour une chose qu'il n'a pas faite. Je voudrais que vous m'aidiez à prouver son innocence. »

Chapitre 6

Le mystère s'épaissit

« Montez, Harry, dit Hannibal, et racontez-nous toute l'histoire. Nous saurons alors si nous pouvons ou non vous rendre service. »

Harry s'installa sur le siège arrière, entre Hannibal et Bob. Peter, sur un strapontin, leur faisait face. Immédiatement, le nouveau venu commença son récit. Trois ans auparavant, il était venu, avec son père et sa mère, habiter la maison de M. Hadley. En échange d'un appartement situé sur le derrière de la maison et d'un petit salaire, M. Hadley, qui était célibataire, avait obtenu que Mme Smith lui servît de gardienne ou, plus précisément, de gouvernante.

Quant à M. Smith, il exerçait la profession d'agent d'assurances et travaillait dur pour se faire une situation. Il obtenait déjà des résultats appréciables, lorsque, six mois auparavant, un vol de tableaux avait été commis à deux pas de là, chez un homme d'affaires habitant Beverly Hills. Trois toiles de valeur, appartenant à l'école moderne, avaient été découpées de leurs cadres. Le voleur était-il entré par une fenêtre étroite ? Possédait-il un double de la clef permettant d'ouvrir la porte principale ?

La police apprenait peu après que Ralph Smith, le père d'Harry, s'était présenté, deux semaines avant le vol, chez le propriétaire des tableaux. Il avait tenté de le persuader de souscrire une assurance sur la vie. Bien sûr, Ralph avait vu les toiles. Mais, sans la moindre compétence artistique, il ne s'était pas rendu compte de leur valeur.

Néanmoins, comme il avait pénétré dans la maison de Beverly Hills, les policiers fouillèrent de fond en comble son appartement. Et que trouvèrent-ils sous le linoléum de la cuisine ? Les toiles volées ! Arrêté et jugé, le père d'Harry avait été reconnu coupable et condamné à cinq ans de prison. Il y avait de cela trois mois. Jusqu'à la fin du procès, il avait protesté de son innocence, ne cessant de répéter : « J'ignore d'où viennent ces toiles. » Malgré cela, les réponses du jury avaient entraîné un verdict de culpabilité.

Harry conclut en ces termes :

« Mon père n'a rien fait. Il n'est pas un voleur. S'il en était un, nous le saurions bien, maman et moi. Aujourd'hui, la police est persuadée qu'il appartenait à une bande spécialisée dans le vol des objets d'art, et opérant à Hollywood depuis dix ans. Tout cela, parce qu'il est agent d'assurances, et qu'il va voir ses clients le soir de préférence ! »

Le jeune homme reprit sa respiration avant d'ajouter :

« Comprenez-vous maintenant pourquoi je désire que vous m'aidiez ? Je ne puis guère être généreux. Je ne possède que quinze dollars. Mais ils sont à vous si vous pouvez faire quelque chose pour mon père. »

Hannibal, paupières battantes, réfléchissait. Bob et Peter restaient impassibles. Cependant, chacun d'eux pensait : « Il est assez exceptionnel que la police arrête un innocent. Elle n'agit de la sorte que lorsqu'elle a réuni de nombreuses preuves... »

Le premier, Hannibal sortit de sa méditation.

« C'est une affaire difficile, dit-il. Je ne vois pas par où nous pourrions commencer. Il manque des détails, des faits précis... »

Harry faillit se mettre en colère :

« Si l'affaire n'était pas difficile, croyez-vous que je vous aurais demandé de m'aider ? Si j'en crois la carte que vous exhibez, vous êtes détectives. C'est le moment de le montrer. Au moins, essayez de faire une enquête ! »

Hannibal pinça sa lèvre inférieure entre le pouce et l'index, ce qui était chez lui la preuve d'une réflexion intense.

« De toute façon, déclara-t-il, soyez certain que nous allons étudier le problème. Mais, dites-moi, si votre père n'a pas volé les toiles, comment se fait-il qu'on les ait trouvées sous le linoléum de votre cuisine ?

– Je ne sais pas, murmura Harry avec un accent désespéré. M. Hadley recevait beaucoup de visiteurs. Ces gens entraient, sortaient. Le coupable est peut-être l'un d'eux. J'ai pensé aussi qu'un inconnu, voulant jouer un sale tour à mon père, a pu se glisser la nuit dans la maison et cacher les toiles là où on les a trouvées.

– Je suppose, demanda Bob, qu'il y a une porte de derrière ?

– Oui, répondit Harry.

– Elle est sans doute toujours verrouillée.

– Bien sûr. Mais, vous savez, la maison est vieille et le verrou ne vaut pas grand-chose. N'importe qui peut l'ouvrir. Ça nous laissait assez indifférents. Il y a si peu de choses à voler chez nous ! »

Hannibal continuait à se pincer la lèvre inférieure :

« Il faut noter que les toiles ont été cachées sous le linoléum de la cuisine, la pièce la plus proche... si le voleur est entré par la porte de derrière. Il a donc pu entrer facilement et sortir de même.

– Très bien raisonné, Babal, approuva Peter. Je suis prêt à parier que c'est ainsi que les choses se sont passées. »

Bob intervint :

« Et si M. Hadley avait volé les toiles ? Si c'était lui qui les avait cachées sous le linoléum ? »

Hannibal se tourna vers Harry :

« La police a-t-elle soupçonné M. Hadley ? »

Harry secoua la tête :

« M. Hadley ne ferait pas une chose semblable. Il nous aimait bien. Et puis, il était à la maison le soir où les toiles ont été volées.

– L'alibi paraît indiscutable, admit Hannibal. Tout de même, l'affaire dans son ensemble a quelque chose d'assez bizarre...

– Explique-toi, dit Bob.

– Eh bien, voilà. Nous trouvons un réveil mystérieux. Nous entreprenons une enquête à son sujet. Nous découvrons qu'il appartient à un homme qui a la manie de collectionner pendules et réveils trafiqués comme le nôtre. Et maintenant nous tombons sur une autre histoire. Quelqu'un a volé des tableaux et s'est arrangé pour que le père d'Harry soit accusé à sa place et jeté en prison. N'est-il pas étrange que la première affaire conduise à la deuxième ? Y aurait-il un lien entre elles ?

– Tu crois que c'est possible ? demanda Peter.

– Pas la moindre idée », déclara Hannibal.

Et, s'adressant de nouveau au fils de M. Smith :

« Harry, j'aimerais que vous nous disiez tout ce que vous savez sur M. Hadley. Bob, tu noteras. »

Harry n'avait pas grand-chose à raconter. Selon lui, M. Hadley était un petit homme grassouillet, d'humeur joviale. Il semblait avoir beaucoup d'argent, provenant d'un héritage qu'il avait reçu quelques années auparavant, et comme il recevait surtout des personnes appartenant au monde du théâtre et du cinéma, Harry et ses parents en déduisaient qu'il avait exercé la profession d'acteur. Cependant, M. Hadley ne parlait jamais de son passé.

Au procès, comparaissant comme témoin, il avait déclaré qu'il considérait M. Smith comme innocent. Et il avait paru bouleversé par la condamnation de M. Smith. Quelques jours plus tard, il annonçait :

« Je pars pour l'étranger. J'ai besoin de me soigner. »

Il avait prié Mme Smith de veiller sur la maison pendant son absence. Puis, n'emportant que deux valises, il était parti. Il n'avait jamais donné de ses nouvelles. Quelques amis étaient venus pour le voir. Mais, bientôt, ils avaient cessé leurs visites. Juste au moment où Mme Smith dépensait le reste de l'argent que M. Hadley lui avait laissé, un certain M. Jitters s'était présenté. Il cherchait un appartement. Mme Smith lui avait loué le premier étage. M. Jitters avait bien précisé qu'il voulait la tranquillité et le silence. Il n'avait cessé de se montrer très pointilleux sur ce chapitre.

« Voilà, conclut Harry. Je ne sais rien d'autre. Vous voyez, c'est peu. »

Il ajouta d'un air sombre :

« Je suppose que vous ne pouvez pas venir en aide à mon père. Personne ne le peut. Pardonnez-moi de m'être montré désagréable avec vous. Quand vous avez téléphoné, j'ai fait hurler l'horloge du vestibule, pour empêcher ma mère de vous parler. Je vous prenais pour des journalistes. C'est que... Ah ! tout cela est si navrant !

– Nous comprenons, dit Hannibal. Nous

La Rolls-Royce s'arrêtait devant l'entrée des studios...

allons réfléchir à votre affaire. Si nous avons une idée quelconque, nous vous avertirons. »

Les Trois jeunes détectives échangèrent une poignée de main avec Harry. Celui-ci descendit de la voiture. Warrington redémarra.

« Monsieur Hannibal, demanda-t-il, où allons-nous ? Retournons-nous au *Paradis de la Brocante* ? »

Hannibal réfléchit avant de répondre :

« Nous voulions voir Alfred Hitchcock. Si M. Hadley a été acteur, il se peut que M. Hitchcock le connaisse. Il a fait travailler des centaines d'acteurs. Warrington, conduisez-nous aux World Studios.

– Très bien, monsieur Hannibal. »

Quelques minutes plus tard, la Rolls-Royce s'arrêtait devant l'entrée des World Studios dont on apercevait les bâtiments derrière de hauts murs. Le gardien décrocha son téléphone, s'assura que M. Hitchcock était dans son bureau, puis dit aux visiteurs :

« M. Hitchcock accepte de vous recevoir. »

Un instant plus tard, les Trois jeunes détectives étaient assis devant la table où travaillait le célèbre metteur en scène.

« Eh bien, qu'est-ce qui vous amène aujourd'hui ? demanda de sa grosse voix Alfred Hitchcock. Seriez-vous sur une nouvelle piste ?

– Oui, monsieur, répondit Hannibal. Une piste bien embrouillée et qui ne conduit peut-être à rien. Nous avions commencé une enquête à propos d'un réveil hurleur. Et voilà que... »

Surpris, Alfred Hitchcock l'interrompit :

« Réveil hurleur ? répéta-t-il. Le Hurleur ! Qu'est-ce qu'il devient, celui-là ? Voilà des années que je n'ai plus entendu parler de lui. »

Chapitre 7

Tentative de vol

Hannibal était stupéfait :

« Si je comprends bien, monsieur, vous avez connu quelqu'un qui...

– Ce n'était qu'un sobriquet. Son vrai nom était Théodule Tick. Parfaitement, Théodule Tick, si bizarre que cela paraisse. Par plaisanterie, les gens l'avaient surnommé Réveil hurleur ou, plus simplement, le Hurleur. Et pourquoi ? Parce qu'il était un hurleur. »

Les Trois jeunes détectives étaient de plus en plus intrigués.

« Un hurleur ? fit Hannibal. Qu'entendez-vous par là, monsieur Hitchcock ? »

Le metteur en scène eut une sorte de gloussement :

« Il hurlait pour gagner sa vie. Il faut que vous

Alfred Hitchcock reprit après un silence...

compreniez. Jadis, quand il n'y avait pas encore de télévision, la radio donnait des émissions inspirées par des récits fantastiques. Ces émissions avaient beaucoup de succès. A un moment, il y en eut jusqu'à trente-cinq par semaine ! Aujourd'hui, je ne crois pas qu'il y en ait une seule. Bien sûr, vous êtes trop jeunes pour comprendre. Mais je puis vous assurer qu'elles étaient très intéressantes. »

Alfred Hitchcock reprit après un silence :

« Dans la plupart des émissions de ce genre, quelqu'un criait ou hurlait, comme vous voudrez. Un cri produit toujours un grand effet sur les auditeurs. Sans doute pensez-vous : « N'importe « quel acteur peut crier. » Vous n'avez pas tort. Mais, lorsque le metteur en scène voulait un cri ou un hurlement vraiment terrifiant, il engageait un spécialiste, Théodule Tick par exemple. A une certaine époque, je crois qu'il était le seul à ne pas faire autre chose. Je l'ai même utilisé dans deux de mes films. »

Après un nouveau silence, Alfred Hitchcock ajouta :

« Il possédait un talent très souple, très varié. Il imitait aussi bien le cri d'un enfant ou d'une femme, celui d'un homme ou d'un animal. Le succès lui montait un peu à la tête. Malheureusement, les émissions de radio disparurent dès que la télévision commença de s'imposer. Personne ou presque n'avait plus besoin des services de Théodule Tick. Comme je vous le disais, je l'ai employé dans deux films, il y a quelques années. Puis il s'est transformé en courant d'air. Et je n'ai plus entendu parler de lui. Est-ce à son sujet que vous faites une enquête ?

– Nous ne savions rien de tout cela, répondit Hannibal. Mais il semble bien, au fond, que ce soit lui qui nous intéresse, surtout après tous les renseignements que vous venez de nous donner. Cependant, c'est ce réveil qui est à l'origine de notre enquête... »

Il tira le réveil de son sac et le fit fonctionner. M. Hitchcock ne cacha pas son étonnement :

« Voilà un travail qui n'est pas à la portée de tout le monde ! Je suis prêt à parier que l'auteur n'en est autre que Théodule Tick. Après tout, étant surnommé le Hurleur, il est normal qu'il ait eu envie de faire hurler un réveil. L'affaire a dû lui apparaître comme une bonne blague. »

Hannibal décrivit la bibliothèque pleine de réveils, de pendulettes, de pendules.

« Nous n'avons pas compté les réveils ni les pendulettes, ajouta-t-il. Mais nous avons remarqué qu'il y avait douze pendules. Et tout cela hurlait !

– Les douze pendules de Théodule ! » gloussa M. Hitchcock.

Hannibal parla encore de M. Hadley et de l'arrestation du père d'Harry Smith.

M. Hitchcock changea d'expression, fronça les sourcils.

« Bizarre, bizarre, murmura-t-il. Je ne serais pas surpris que ce Hadley et Théodule soient un seul et même homme. Théodule était de petite taille. Vous venez de dire que Hadley est petit et grassouillet. Théodule a pu grossir depuis la dernière fois que je l'ai vu. Et maintenant que j'y pense... Oui, je crois me souvenir qu'il a fait un héritage à l'époque où il commençait à avoir de moins en moins de travail à la radio. »

Le metteur en scène prit sa respiration, puis poursuivit :

« Je le vois très bien trafiquant des réveils et des pendules pour obtenir tous les cris et hurlements où il était passé maître. Cela lui rappelait le bon temps et amusait peut-être ses amis. Mais je ne m'explique pas qu'il ait changé de nom... »

Bob demanda :

« Monsieur Hitchcock, aimait-il les tableaux, les objets d'art ?

– Pas que je sache. Certains comédiens sont collectionneurs. A Hollywood, j'ai été souvent surpris par le grand nombre d'objets d'art que possèdent différents acteurs, producteurs, metteurs en scène. Mais je n'ai jamais entendu dire que Théodule Tick était la proie d'une passion de ce genre. »

Hannibal se leva, immédiatement imité par ses compagnons :

« Merci, monsieur. Vous nous avez dit plusieurs choses qui nous fournissent ample matière à réflexion. Entre autres, il est stupéfiant que M. Hadley et M. Tick puissent être le même homme. Quant à l'arrestation du père d'Harry Smith, je ne vois pas encore très bien la place qu'elle occupe dans cette affaire. Si nous progressons dans cette enquête, nous vous tiendrons au courant. »

Sur ces mots, les Trois jeunes détectives prirent congé de M. Hitchcock. Warrington les ramena à Rocky. Il ne s'arrêta que devant les grilles du *Paradis de la Brocante.* Les garçons descendirent et, sans hâte, d'un pas qui semblait alourdi par leurs pensées, ils franchirent le seuil du dépôt de bric-à-brac. Comme ils arrivaient au milieu de la cour, un homme surgit de derrière un tas de rondins.

« Vous là-bas ! fit-il. Vous vous souvenez de moi, n'est-ce pas ? »

C'était ce M. Jitters qu'ils avaient aperçu environ une heure auparavant chez Harry Smith.

« Dans ce sac, reprit M. Jitters, vous avez un réveil. Il m'appartient. »

Brusquement, il plongea vers les trois garçons et arracha le sac de la main d'Hannibal.

« Maintenant que je l'ai, il m'appartient doublement, ajouta-t-il d'une voix grondante. La possession, c'est, aux yeux de la loi, les neuf dixièmes de la propriété.

– Vous ne pouvez pas faire ça ! » protesta Peter.

Et, à la façon d'un joueur de rugby, il se jeta dans les jambes de M. Jitters. Hannibal et Bob se précipitèrent à l'aide de leur camarade. Hannibal saisit M. Jitters par un bras. Bob tenta de lui reprendre le sac.

Mais M. Jitters avait de la force à revendre. Il se débarrassa de Bob et d'Hannibal comme d'une volée de moineaux. Puis, empoignant Peter par le devant de sa chemise, il l'envoya rouler sur le sol.

« Si vous recommencez, il vous en cuira ! » menaça-t-il.

A ce moment, Hans, l'un des ouvriers de M. Jones, posa sa robuste main sur l'épaule de M. Jitters :

« Je vous conseille, monsieur, de rendre son sac à Babal. »

M. Jitters rugit :

« Espèce de grande brute ! Lâchez-moi immédiatement. »

Et, d'un coup de poing, il voulut atteindre Hans à la mâchoire. Mais l'ouvrier esquiva, saisit

Les deux hommes se colletèrent avec violence...

son agresseur à la taille. Les deux hommes se colletèrent avec violence. M. Jitters lâcha le sac. Peter le récupéra et se hâta de battre en retraite, tandis que chaque adversaire tentait de précipiter l'autre dans la poussière de la cour.

A la fin, ce fut Hans qui triompha. Il souleva M. Jitters et le maintint au-dessus de sa tête.

« Qu'est-ce que j'en fais, Babal ? demanda-t-il calmement. Je le garde comme ça jusqu'à l'arrivée de la police ? Il a beau gigoter, il ne me gêne pas ! »

Mais Hannibal avait déjà pris sa décision.

« Je ne crois pas qu'il soit nécessaire d'appeler la police », répondit-il.

Les policiers n'accorderaient peut-être pas la moindre importance à un vieux réveil sans valeur. Mais ils pourraient aussi avoir la fantaisie de l'emporter et de le garder comme pièce à conviction ! Or, Hannibal désirait plus que jamais poursuivre l'enquête dont le réveil hurleur représentait en quelque sorte le point de départ.

« Mettez M. Jitters par terre, reprit-il, et laissez-le aller. Tout va bien, puisque nous avons récupéré le réveil.

– Très bien », fit Hans, un peu à contrecœur.

Et il lâcha le vaincu, lequel tomba comme une masse sur le sol.

M. Jitters se releva et dit d'une voix grondante en brossant ses vêtements :

« Vous, les garçons, vous paierez cher ce que

vous venez de faire ! Vous regretterez d'avoir trouvé ce réveil ! »

Sur ces mots, il tourna les talons et, d'un pas énergique, il se dirigea vers la sortie du *Paradis de la Brocante*.

Chapitre 8

Qui est Rex ?

Armé d'une règle, Hannibal donna quelques coups secs sur la table :

« Un peu de silence, je vous prie. La conférence va commencer. »

Les Trois jeunes détectives et Harry Smith étaient réunis dans le minuscule P.C. Bob, Peter et Harry cessèrent de bavarder. C'était l'après-midi, le lendemain du jour où avait été découvert le réveil hurleur, le lendemain aussi de la tentative de M. Jitters pour s'en emparer. Les Trois jeunes détectives n'avaient pas perdu leur temps. Maintenant ils s'apprêtaient à examiner, avec Harry, les résultats obtenus. Avaient-ils progressé ? Ils ne tarderaient pas à le savoir.

Le matin, Hannibal avait téléphoné à Harry. Ayant obtenu récemment son permis de conduire,

Harry avait pu utiliser la vieille voiture de sa famille pour rejoindre les trois amis au *Paradis de la Brocante.*

« Bob, ton rapport », dit Hannibal.

Bob (archives et recherches) avait été le plus actif des Trois jeunes détectives. Au cours de la matinée, il s'était rendu à Los Angeles avec son père, rédacteur à l'un des journaux les plus importants de cette ville. M. Andy avait présenté son fils à l'homme chargé des archives du journal, ce que les journalistes, dans leur argot, appellent la « morgue ». Là, plusieurs centaines de classeurs contenaient des extraits de presse présentés à la fois par ordre alphabétique et sujets traités.

Bob avait dépouillé tout ce qui concernait Ralph Smith et son procès, puis ce qui pouvait avoir trait à Théodule Tick (alias M. Hadley), et enfin les articles relatant les vols de tableaux de grande valeur.

Il possédait donc une liasse de notes, et il aurait pu communiquer d'innombrables renseignements à ses compagnons. Cependant, il s'efforça d'être aussi bref que possible.

« Sur le procès de M. Smith, commença-t-il, il y a peu de chose à dire que nous ne sachions déjà. Les preuves paraissaient assez vagues. Pourtant les policiers les ont jugées assez fortes pour se persuader qu'ils tenaient le coupable. Ils ont essayé de faire admettre à M. Smith qu'il était bien le voleur de tableaux et d'objets d'art qui opérait depuis dix ans dans les parages d'Hollywood et de Los Angeles. Mais M. Smith n'a cessé de protester de son innocence. »

Bob se tourna vers Harry et lui demanda :

« Si j'ai bien compris, certains vols ont été commis à une époque où vous viviez encore à San Francisco ?

– C'est exact, répondit Harry. Nous ne sommes installés à Hollywood que depuis six ans environ. C'est une preuve supplémentaire de l'innocence de mon père. Il ne peut être mêlé aux premiers vols.

– Cela va de soi », intervint Hannibal.

Et, s'adressant à Bob :

« Maintenant, parle-nous des vols commis à Hollywood.

– Au cours des dix dernières années, et à peu près à la cadence d'un par an, il y a eu au moins une douzaine de vols importants de tableaux. Comme nous l'a dit M. Hitchcock, beaucoup d'acteurs et de metteurs en scène... florissants, sont collectionneurs. Ils ont chez eux des toiles d'une valeur souvent immense. Naturellement, ces toiles ne sont pas aussi bien protégées que dans les musées. Chaque fois, les voleurs passent par une fenêtre ou pénètrent dans la maison après avoir forcé une serrure. Puis, après avoir découpé et roulé les toiles, ils disparaissent sans laisser de traces. »

Bob ajouta :

« La police a une théorie. Selon elle, les toiles

sont vendues à de riches collectionneurs sud-américains qui les cachent et les gardent pour leur seul plaisir. Les toiles célèbres sont connues de tout le monde. Elles ne peuvent donc être vendues par la voie normale. Elles le sont cependant, mais toujours à des personnes bien décidées à ne pas les montrer.

– Parmi les toiles volées, aucune n'a jamais été retrouvée ? demanda Hannibal.

– Aucune. Sauf les trois qui étaient cachées sous le linoléum dans la maison d'Harry. »

Puis Bob évoqua le vol le plus important de tous, commis deux ans auparavant. Des toiles, d'une valeur exceptionnelle, avaient été prêtées à une galerie, en vue d'une exposition spéciale. Avant l'ouverture de l'exposition, les voleurs s'étaient introduits dans la galerie et avaient emporté cinq toiles, représentant au total cinq cent mille dollars.

« Et pourtant, reprit Bob, ce n'est pas le record ! Il n'y a pas longtemps, en Angleterre, quelqu'un s'est introduit dans un musée après avoir scié un panneau de porte, et a emporté huit tableaux, estimés entre quatre et huit millions de dollars. Plus tard, ces tableaux furent retrouvés. Mais on n'avait jamais fait mieux !

– Ça fait cher le coup de pinceau ! s'exclama Peter.

– Tu peux le dire ! approuva Bob. En tout cas, à Hollywood, de nombreux vols ont été commis et, chaque fois, la police n'y a vu que du bleu.

Harry l'interrompit avec un accent irrité...

Aujourd'hui, les policiers sont persuadés que le père d'Harry a été mêlé à la plupart de ces opérations. Mais ils ne l'auraient jamais soupçonné si, quelques jours avant le dernier vol, il n'était allé chez le propriétaire des toiles pour essayer de lui faire souscrire une assurance sur la vie. D'ailleurs... »

Harry l'interrompit avec un accent irrité :

« Un instant ! Je vous répète que mon père est innocent ! Vous n'avez pas le droit d'insinuer, parce qu'il était agent d'assurances et qu'il allait chez des gens riches... »

Hannibal leva la main :

« Du calme, Harry. Nous ne croyons pas à la culpabilité de votre père. Mais, voyez-vous, nous avons plusieurs mystères sur les bras. Qui a volé les trois toiles ? Qui les a glissées sous le linoléum de votre cuisine ? Pourquoi M. Hadley, dont le vrai nom – ou le pseudonyme – semble être Théodule Tick, est-il parti en voyage ? Et pourquoi n'a-t-il jamais donné de ses nouvelles ? Enfin, d'où vient notre réveil ? Et quelle conclusion devons-nous tirer du fait qu'il présente la particularité de hurler ? »

En même temps, Hannibal touchait le réveil posé devant lui, sur la table.

« Cet objet a certainement une signification, poursuivit-il. Dans son genre, il doit représenter quelque chose d'important. Sinon, pourquoi M. Jitters aurait-il essayé de nous le prendre ? »

Harry eut un air gêné :

« Il faut m'excuser. J'ai eu tort de parler de vous à M. Jitters et aussi du réveil. Mais, hier, après votre départ, il m'a posé des questions à votre sujet. Et puis... pourquoi le cacher ? Il a fait peur à ma mère. Je lui ai donc dit que vous étiez venus pour vous renseigner sur l'un des réveils hurleurs appartenant à M. Hadley, et que vous aviez trouvé. Cette révélation a paru le rendre furieux. Il m'a arraché votre carte de détectives que je lui montrais, et il est parti comme un fou !

– Heureusement, dit Hannibal, Hans a pu nous donner un sérieux coup de main... Voyons, Harry, depuis que M. Jitters habite chez vous, avez-vous remarqué quelque chose de suspect dans son comportement ? »

Harry répondit sans hésiter :

« La nuit, il lui arrive souvent de rôder dans la maison. Il se prétend écrivain et répète qu'il n'a pas de sommeil. Une nuit, je l'ai entendu taper contre les murs, comme s'il cherchait quelque chose. »

Hannibal resta un instant silencieux. Il réfléchissait en se pinçant la lèvre inférieure. A la fin, il déclara :

« J'ai une idée. Mais vaut-elle quelque chose ? On verra plus tard. Pour l'instant, soyons sérieux. Comment pourrions-nous percer le mystère des vols de tableaux si la police elle-même n'y est pas parvenue ? Mais nous avons un autre problème, celui du réveil hurleur. D'où vient-il ? Jusqu'ici, nous ne savons rien avec certitude. Et cela, il faut que nous le découvrions. »

Harry protesta :

« Voilà qui fait une belle jambe à mon père ! Il est en prison, et vous vous occupez d'un vieux réveil !

– Il faut un point de départ, expliqua Hannibal. Nous avons sur les bras, je le répète, plusieurs problèmes. Le réveil, j'en ai l'impression, pourrait bien être un maillon de la chaîne.

– Admettons, grommela Harry. Cependant, ce réveil a été trouvé sur une décharge. Comment espérez-vous remonter à la personne qui l'a jeté à cet endroit ?

– Il y avait un message collé sur le fond du réveil », dit Hannibal.

La table à laquelle il était assis possédait plusieurs tiroirs, dont l'un secret. Il utilisait ce tiroir pour les objets particulièrement précieux. L'ayant ouvert, il y prit un petit rectangle de papier et lut à haute voix :

Cher Rex,
Demandez à Imogène,
Demandez à Gérald,
Demandez à Martha,
Puis passez à l'action ! Le résultat vous surprendra. Même vous.

« J'ai l'air de rabâcher, dit Peter. Mais qui sont ces gens ? Comment les dénicher et, si nous y parvenons, qu'est-ce que nous leur demanderons ? »

Hannibal leva la main :

« Chaque chose en son temps. Le message semble adressé au nommé Rex. J'en déduis que le réveil servant de véhicule au message a été adressé à ce Rex. Donc, c'est Rex qu'il faut trouver. »

Bob éleva la voix :

« A mon tour, je pose la même question que Peter : comment ?

– Efforçons-nous d'être logiques, conseilla Hannibal. Rex doit être un ami de M. Théodule Tick ou de M. Hadley. Pour plus de commodité, nous l'appellerons dorénavant M. Tick. Et Rex est très probablement un prénom. Harry, avez-vous apporté le carnet d'adresses de M. Tick ?

– Je n'ai rien trouvé de semblable », répondit Harry qui commençait à suivre la conversation avec intérêt. « Mais j'ai découvert, au fond d'un tiroir, une liste de personnes auxquelles il avait coutume d'envoyer des cartes de Noël. »

Il prit dans sa poche une feuille de papier pliée en quatre. Hannibal la déplia, y jeta un coup d'œil :

« Parfait. Les amis de M. Tick doivent être sur cette liste. Il y a environ cent noms, et les adresses. Tout cela dactylographié. Pour commencer, cherchons un Rex. »

Bob s'approcha et se pencha par-dessus l'épaule d'Hannibal :

« Je vois une Imogène, deux Gérald, trois Martha. Mais pas de Rex.

– En effet, pas de Rex, admit Hannibal.

– Un instant ! reprit Bob. Là, il y a un nom... Walter Roy.

– Eh bien ? fit Peter.

– Rex, c'est le mot latin pour Roy. Pourquoi ce Walter Roy n'aurait-il pas été surnommé Rex ? »

Harry murmura :

« Moi, je trouve que c'est plutôt un nom de chien. »

Mais Hannibal griffonnait déjà sur un bristol le nom – Walter Roy – et l'adresse.

« Excellente déduction, dit-il à Bob. Le renseignement semble sérieux. Nous l'exploiterons. Maintenant, voyons les Imogène, les Gérald, les Martha. Ah ! ici, il y a une Mlle Imogène Taylor, qui habite un quartier situé dans la partie nord d'Hollywood. Voilà deux Gérald. L'un et l'autre sont domiciliés près de Pasadena. Enfin, voilà trois Martha, dont les adresses se situent autour d'Hollywood. »

Hannibal, après une courte réflexion, décida :

« Nous sommes quatre. Partageons-nous en deux équipes. Bob et Harry formeront la première. Naturellement, ils utiliseront la voiture d'Harry. Nous formerons, Peter et moi, la deuxième équipe. Je vais téléphoner à M. Gelbert, le directeur de l'agence de location, pour qu'il nous envoie la Rolls-Royce. »

Après un silence, Hannibal ajouta :

« Nous allons contacter ces gens, recueillir autant de renseignements que possible. Et, cet après-midi, nous nous retrouverons tous ici. Bob et Harry iront voir M. Walter Roy et Mlle Imogène Taylor. Peter et moi, nous nous occuperons des autres.

– Mais quelles questions faudra-t-il poser ? demanda Bob.

– Tu demanderas à M. Roy si M. Théodule Tick lui a envoyé le réveil. Tu complèteras ta première question par celles-ci : « Avez-vous remar-« qué le message collé sur le réveil ? Quelle suite « y avez-vous donné ? Pourquoi avez-vous jeté le « réveil sur une décharge ? » D'ailleurs, Bob, ce réveil, je te conseille de l'emporter, pour le cas où M. Roy ne s'en souviendrait pas.

– Très bien, fit Bob. Que dirai-je à Mlle Imogène Taylor ?

– Tu devrais lui demander si M. Théodule Tick lui a adressé un message personnel et lui montrer le réveil. Ainsi tu pourrais la convaincre que le message en notre possession, et qui était collé sur le réveil, n'est pas une blague.

– Sans doute, Babal. Mais que se passera-t-il si tu as, toi, besoin du réveil lorsque tu te trouveras devant les nommés Gérald et Martha ?

– J'en emporterai un qui ressemblera comme

deux gouttes d'eau au réveil hurleur. Peut-être nous suffira-t-il d'en parler. Et s'il faut l'exhiber, ce ne sera pas difficile. Nous avons ici, au *Paradis de la Brocante,* tous les vieux réveils possibles et imaginables. »

Hannibal conclut :

« Nous sommes bien d'accord, n'est-ce pas ? Dans ce cas, je suggère que nous nous mettions en campagne immédiatement. Bob et Harry, vous pouvez partir. Quant à Peter et moi, nous sommes obligés d'attendre Warrington.

– Voyons, Babal, c'est impossible ! s'exclama soudain Peter. Tu oublies un détail très important. »

Hannibal eut un battement de paupières :

« Quel détail ? »

Peter prononça avec un naturel parfait :

« Il est midi. Il faut d'abord que nous déjeunions. »

Chapitre 9

Les mystères s'accumulent

« Nous approchons », dit Bob en regardant défiler les numéros des maisons.

Près de lui, Harry, au volant de la vieille conduite intérieure de son père, longeait une rue située dans un très agréable quartier de la partie nord d'Hollywood.

« Voilà, nous y sommes, reprit Bob. C'est ici qu'habite M. Walter Roy. »

Harry freina et s'arrêta. Les deux compagnons descendirent de la voiture et se dirigèrent vers la maison.

« Dans un quartier comme celui-ci, remarqua Harry, les loyers doivent être plutôt élevés. »

Bob approuva d'un mouvement de tête. Il portait le sac à fermeture à glissière contenant le réveil hurleur. En appuyant sur le bouton de la sonnette, il songeait : « Qu'allons-nous apprendre ?

Et même apprendrons-nous quelque chose ? »

La porte fut ouverte par une femme qui n'était plus jeune et avait une expression très soucieuse.

« Que désirez-vous ? demanda cette femme. Si vous quêtez pour les boy-scouts, j'ai déjà donné.

– Il ne s'agit pas de cela, madame, répondit poliment Bob. Nous voudrions nous entretenir avec M. Roy. Est-ce possible ?

– Non, ce n'est pas possible. M. Roy est souffrant. Voilà plusieurs mois qu'il est à l'hôpital.

– Je suis désolé d'apprendre cela », dit Bob.

En même temps, il s'efforçait de réfléchir aussi vite que possible. « Si M. Roy est à l'hôpital depuis plusieurs mois, ce ne peut être lui qui a jeté le réveil sur une décharge. » Cependant, il savait qu'Hannibal, s'il avait été à sa place, n'aurait pas lâché prise aussi facilement. Il posa donc une autre question :

« M. Roy est-il surnommé Rex ? »

La femme le dévisagea. Si Bob ne s'était pas exprimé avec courtoisie et s'il n'avait pas eu l'air bien élevé, elle lui aurait sans le moindre doute fermé la porte au nez.

« C'est en effet le surnom de mon mari. Mais pourquoi me demandez-vous cela ? S'il s'agit d'un jeu...

– Non, madame Roy ! protesta Bob. Nous faisons une enquête... au sujet d'un réveil. Je vais vous le montrer. »

Il ouvrit le sac, y prit le réveil et le tendit à Mme Roy :

« Est-ce la première fois, madame, que vous le voyez ? »

Elle serra les lèvres, puis cria soudain :

« Cet affreux réveil ! Envoyer un pareil objet à mon mari... alors qu'il était déjà malade ! Heureusement, il n'en a rien su. Il y avait de quoi le tuer. Cet affreux réveil, ce hurlement ! »

Bob et Harry échangèrent un coup d'œil, comme pour se dire : « Pour notre première démarche, ce n'est pas mal. Nous avons mis dans le mille ! »

« Je suppose que ce réveil a été envoyé

« C'est ici qu'habite M. Walter Roy... »

à M. Roy par M. Théodule Tick ? insista Bob.

– Oui, par cet abominable Théodule Tick ! répliqua avec indignation Mme Roy. Il s'est cru autorisé à faire cela parce que, des années durant, il avait joué des pièces écrites pour la radio par mon mari. Je ne me doutais pas qu'il s'agissait d'un réveil spécial. Je l'ai branché... Et alors, ce cri, ce hurlement ! J'ai failli en avoir une crise cardiaque. Je l'ai mis tout de suite avec d'autres vieilleries et j'ai envoyé chercher le chiffonnier. Mais, vous, comment vous l'êtes-vous procuré ?

– Le chiffonnier l'a vendu à un de mes amis, expliqua Bob. Avez-vous remarqué, madame, le message qui était collé sur le fond ? »

Mme Roy fronça les sourcils :

« Un message ? Non, je n'ai rien vu de semblable. Il faut vous dire que je me suis débarrassée dès le lendemain de cette chose monstrueuse. Elle était accompagnée d'une lettre de Théodule Tick. Elle aussi, je l'ai jetée.

– Pourriez-vous vous souvenir de ce qu'elle contenait ? C'est très important, madame, très important.

– Ce qu'elle contenait ? Oh ! ceci à peu près : que, si mon mari écoutait le réveil avec la plus grande attention, cela pourrait l'aider à retrouver la prospérité. Et d'autres sottises de ce genre ! De la part de Théodule Tick, quelle plaisanterie de mauvais goût, alors que mon mari, déjà malade, ne travaillait plus et voyait nos dettes s'accumuler ! Je sais qu'ils avaient été très bons amis. Alors pourquoi Théodule a-t-il fait cela ? A-t-il voulu nous terrifier, mon mari et moi ? Je n'ai pas encore compris. »

Mme Roy s'arrêta, fronça de nouveau les sourcils et ajouta :

« Mais vous, où voulez-vous en venir ? Comment se fait-il que vous vous intéressiez à ce réveil ?

– Nous essayons de rassembler à son sujet le plus de renseignements possible. M. Tick a... disparu. Nous pensons que le réveil pourrait être un indice. Peut-être avez-vous remarqué d'où il avait été expédié ?

– Non. Mais vous venez de dire que Théodule Tick a disparu. Voilà qui est étrange. Je me demande ce qui a bien pu... Oh ! excusez-moi. J'entends le téléphone. Je n'ai rien d'autre à vous dire. Au revoir. »

Et Mme Roy referma la porte. Bob se tourna vers Harry :

« Vous voyez, Harry ? Voilà comment on amorce une enquête. Nous avons déjà appris plusieurs choses. J'ignore encore ce qu'elles signifient. Babal nous le dira. Mais, dès maintenant, je sais que M. Tick a envoyé le réveil à M. Roy pour une raison précise. Seulement, M. Roy ne l'a même jamais vu. Il était à l'hôpital. Sa femme a remis l'objet à un chiffonnier. M. Roy aurait probablement su ce que signifiait ce cadeau bizarre. Comme il nous est impossible d'aller l'interroger, il faut nous débrouiller par nos seuls moyens. »

Harry avait-il l'âme d'un détective ? Il semblait commencer à trouver cette enquête passionnante.

« Maintenant, fit-il, allons vite voir Imogène Taylor. J'ai hâte de savoir si elle a quelque chose à nous apprendre ! »

***

Hélas ! cette deuxième étape fut assez décevante. Mlle Taylor était une petite femme qui faisait penser à un oiseau. Elle vivait au nord d'Hollywood, dans les Woodland Hills. Sa minuscule maison se cachait derrière des buissons et des bananiers. Avec ses cheveux gris, ses lunettes démodées à monture d'or, et sa voix qui ressemblait à un gazouillis, Mlle Taylor semblait sortir tout droit d'un conte de fées.

Elle fit entrer les visiteurs dans un salon où les livres, les magazines, les coussins aux couleurs les plus criardes s'entassaient dans un désordre indescriptible. Dès que Bob lui eut parlé de Théodule Tick et d'un certain message, elle remonta ses lunettes sur son front et commença de fouiller dans les tiroirs d'un secrétaire, sans cesser de gazouiller :

« Mais c'est vrai ! C'est vrai ! Quelqu'un est venu. Oui, pour ce message. Je croyais que c'était une plaisanterie, l'une de ces plaisanteries dont Théodule Tick avait le secret. Au studio, il n'y avait pas plus grand farceur que Théodule. Au studio de la radio, je tiens à le préciser. Ah ! que de pièces nous avons jouées ensemble ! Et puis, je n'ai plus entendu parler de lui. La lettre disait de remettre le message à toute personne qui le demanderait, particulièrement si cette personne faisait allusion à un réveil. Où diable ai-je pu mettre mes lunettes ? Sans elles, je ne vois rien.

– Vous les avez remontées sur votre front », fit observer Bob.

D'un geste rapide, elle les replaça sur son nez. Puis elle plongea la main dans un tiroir et agita une enveloppe :

« Le voilà, le message ! Je savais bien que je l'avais. Je ne l'ai pas déchiré parce que nous étions de bons amis, Théodule et moi. Et même si c'est une blague, tant pis ! Bien sûr, vous êtes l'un et l'autre très jeunes. Vous n'avez jamais entendu Théodule à la radio.

– En effet, mademoiselle, nous ne l'avons jamais entendu. Mais nous nous occupons de lui. Nous essayons de résoudre, de comprendre... Bref, merci mille fois, mademoiselle, d'avoir bien voulu nous remettre le message.

– Tout le plaisir est pour moi. Si vous rencontrez Théodule, faites-lui mes amitiés. Quel magnifique hurleur ! Bien des gens ne se couchaient que lorsqu'ils l'avaient entendu hurler. La pièce que nous interprétions à la radio était intitulée *La pendule hurle à minuit.* Une pièce à faire dresser les cheveux sur la tête. Elle avait été écrite par Walter Roy. En voilà un qui s'entendait à nouer une intrigue passionnante, mystérieuse, pleine de rebondissements terribles ! Voulez-vous me permettre de vous offrir une tasse de thé ? Non, vraiment ? Je comprends, vous êtes pressés. Les jeunes le sont toujours. Les garçons surtout. »

Quand ils furent remontés dans la voiture, Bob et Harry poussèrent un soupir de soulagement.

« Ouf ! fit Harry avec un sourire un peu grimaçant. Je croyais qu'elle n'arrêterait jamais de parler. Mais enfin nous l'avons, le message ! Voyons un peu ce qu'il contient. »

Bob tenait l'enveloppe entre deux doigts :

« Il faudrait peut-être attendre que Babal en prenne connaissance... »

Puis il se ravisa :

« Bah ! nous pouvons toujours y jeter un coup d'œil. »

Il tira de l'enveloppe une bande de papier, et les deux compagnons lurent ensemble avec un étonnement croissant :

O deuxième personne, parfois si nombreuse !
Il trône sur une étagère, gonflé à craquer.
Les avocats se disent ainsi, les assureurs souvent.
Ce que peut un sourd, même un paralytique.
Un bon moyen de s'amuser.

Bob et Harry, avec une expression affligée, restaient les yeux fixés sur le message.

« Quel charabia ! grogna Harry.

– Et qu'est-ce que ça peut bien vouloir dire ? » murmura Bob.

Chapitre 10

Une surprise désagréable !

Sur la liste des amis auxquels M. Théodule Tick avait coutume d'envoyer des vœux à Noël, il y avait trois Martha. Elles habitaient toutes dans les parages de Hollywood. Hannibal et Peter en essayèrent deux avant de trouver la bonne. Il s'agissait de Mme Martha Harris. Cette veuve replète, jadis comédienne de radio et de télévision, vivait maintenant de ses rentes.

Elle possédait de nombreux chats, tous siamois, qui allaient et venaient dans la pièce où elle reçut les visiteurs. Deux d'entre eux s'étaient posés sur les bras de son fauteuil, et elle les caressait en parlant :

« Mais bien sûr que je connais Théodule Tick ! Comme il est étrange que vous veniez me voir à son sujet ! Au fond, non, ce n'est pas étrange.

J'espérais un peu votre visite. Il m'a envoyé une lettre que je dois vous remettre.

– Quand vous a-t-il envoyé cette lettre, madame ? demanda Hannibal.

– Laissez-moi réfléchir. Cela fait environ deux semaines. Dans sa lettre, il me disait : « Si quel-
« qu'un se présente chez vous et vous réclame un
« message émanant de moi, donnez-lui cette
« enveloppe. Faites-lui mes compliments et sou-
« haitez-lui de ma part de bien s'amuser. »

Pour dégager son bras droit, elle écarta l'un des siamois, puis plongea la main dans le tiroir d'une commode. Peu après, elle remettait une enveloppe à Hannibal.

« Que devient ce cher Théodule ? demanda-t-elle. Quand j'ai entendu parler de lui pour la dernière fois, il y a de cela plusieurs années, il venait de faire un héritage et avait décidé, semble-t-il, de ne plus travailler. Il est vrai que la radio se mourait et qu'il n'y avait plus guère d'ouvrage pour un hurleur.

– Nous sommes très mal renseignés à son sujet, répondit Hannibal. Il aurait disparu depuis quelques mois...

– Comme c'est mystérieux ! s'exclama Mme Harris. Mais cela ne m'étonne pas. Théodule a toujours été un petit homme singulier. On ne savait jamais ce qu'il pensait. Il avait des relations bizarres. Des jockeys, des joueurs, des gens de cet acabit. »

Les deux garçons se levèrent :

« Il faut que nous partions, dit Hannibal. Merci beaucoup pour l'enveloppe. »

Laissant Mme Harris avec ses chats, ils rejoi-

Elle possédait de nombreux chats...

gnirent Warrington qui les attendait dans la Rolls-Royce.

Peter se mourait de curiosité.

« Si nous prenions connaissance du message ? proposa-t-il.

– Oui, mais dans la voiture », décida Hannibal.

Dès qu'ils furent assis sur la banquette arrière de la Rolls, Hannibal ouvrit l'enveloppe. Elle contenait une bande de papier semblable à celle qui était en possession de Bob et Harry. Cependant, le message se présentait de façon encore plus obscure. Pas un mot : rien que des chiffres !

3-27 4-36 5-19 48-12 7-11 15-9
101-2 5-16 45-37 98-98 20-135 84-9

Et il y avait encore six ou sept lignes aussi rébarbatives !

« Tu crois que ça signifie quelque chose ? demanda Peter, stupéfait.

– C'est évidemment une espèce de code, dit Hannibal. Quand nous l'aurons déchiffré, nous comprendrons sans doute mieux les messages, ou l'un d'eux. Mais ce sera pour plus tard, ajouta-t-il en fourrant la bande de papier dans sa poche. Pour l'instant, il nous faut mettre la main sur Gérald. Sur la liste d'amis rédigée par Théodule Tick, il y en a deux. Celui qui habite le plus près d'ici est Gérald Cramer. C'est donc lui que nous verrons le premier. »

Il donna l'adresse à Warrington. La Rolls-Royce démarra. Tandis qu'elle roulait, Hannibal se plongea dans des réflexions silencieuses, en pinçant énergiquement sa lèvre inférieure. Peter, lui, songeait : « Faisons-nous des progrès ? Je n'en suis pas sûr. Espérons que le prochain message nous permettra de voir un peu plus clair. »

La voiture s'arrêta le long d'un trottoir, dans un quartier assez pauvre. Hannibal et Peter descendirent et se dirigèrent vers la maison de Gérald Cramer.

En appuyant sur la sonnette, Hannibal remarqua :

« Naturellement, comme il y a deux Gérald sur la liste, nous n'avons qu'une chance sur deux de tomber sur le bon. Toutefois... »

Il fut interrompu par une voix aigre :

« Qu'est-ce que vous voulez ? »

Un homme maigre, aux jambes torses, et de si petite taille que sa tête aurait à peine atteint l'épaule d'Hannibal, venait d'ouvrir la porte. Il couvait les deux jeunes visiteurs d'un regard soupçonneux. Mais Hannibal ne se démonta pas pour autant.

« Je vous prie de m'excuser, commença-t-il. Si je suis bien renseigné, vous connaissez M. Théodule Tick ?

– Théodule Tick ? Qu'est-ce qui vous a raconté ça ? C'est un mensonge. Je ne le connais pas, votre Théodule Tick. Maintenant, fichez le camp ! »

Une autre voix se fit entendre. L'intonation, cette fois, était presque trop étudiée :

« Un instant, Gérald. »

Un deuxième homme apparut derrière le premier. Silhouette élégante, cheveux noirs lustrés. Le nouveau venu s'exprimait avec un accent espagnol. Il s'adressa aux deux garçons :

« En quoi Théodule Tick vous intéresse-t-il ? »

Il ajouta avec un sourire :

« J'espère que vous n'êtes pas des détectives ? »

Peter répondit :

« C'est que, justement... »

D'un coup de coude, Hannibal lui coupa la parole.

« Nous cherchons des messages adressés par M. Tick à différents amis, expliqua-t-il. L'un de ces messages serait en possession d'un certain Gérald. Nous avons pensé qu'il s'agissait peut-être de Gérald Cramer. Ce nom figure sur une liste établie par M. Tick lui-même.

– Passionnant ! s'exclama l'homme à l'accent espagnol. Entrez, je vous prie. Je crois pouvoir vous aider. Mon ami ici présent est en effet Gérald Cramer. Je vous présente mes excuses pour la brutalité de son accueil. Il a eu beaucoup d'ennuis au cours de son existence. »

Hannibal et Peter franchirent sur ses pas le seuil d'une pièce où régnait un grand désordre et prirent place dans des fauteuils.

Le petit homme aux jambes torses bougonna :

« Je ne comprends pas ce qu'ils veulent, Carlos. Mais ça ne me dit rien de bon !

– Laisse-moi régler cette affaire », répliqua le nommé Carlos.

Et, s'adressant à Hannibal :

« Nous sommes étonnés par la disparition de Théodule Tick et par le message qu'il a envoyé à

Gérald. Dites-nous tout ce que vous savez à son sujet. Avez-vous une idée de l'endroit où il se trouve ?

– Non, monsieur, répondit Hannibal. Nous ne nous occupons que de ses messages. Vous comprenez, à l'origine, nous avons mis par hasard la main sur un bizarre réveil qu'il avait dû expédier à quelqu'un...

– Un réveil ? interrompit Carlos. Vous l'avez apporté ? »

En même temps, il regardait fixement le sac que Babal tenait sur ses genoux.

Babal ouvrit le sac et en tira le réveil... lequel n'était qu'une imitation du réveil hurleur.

« Un premier message était collé au fond », expliqua-t-il.

Carlos prit le réveil, l'examina.

« Un modèle très banal, dit-il. Et ce premier message, que contenait-il ?

– Il n'était pas très clair, répondit Hannibal. Quelque chose dans ce genre : Demandez à Martha, demandez à Gérald... Mais pas la moindre indication sur ce qu'il fallait demander. Nous avons déniché une dame prénommée Martha. Elle avait reçu une lettre de M. Tick et une enveloppe qu'il la priait de remettre à toute personne se présentant de sa part. Si nous sommes venus ici, c'est parce qu'un autre nom, celui de Gérald Cramer, figurait sur la liste de M. Tick – je veux dire sur la liste d'amis auxquels il envoyait des vœux de Noël. M. Cramer a-t-il un message pour nous ?

– En effet, il a un message... qui comporte une clause assez originale. Ce message ne doit être remis que si M. Cramer a pu, au préalable, prendre connaissance de celui dont vous êtes entré en possession chez cette dame prénommée Martha. Montrez-le-nous, je vous prie. »

Hannibal hésita :

« C'est que... Vous comprenez... »

Mais, voyant que Carlos tendait la main avec insistance, il tira du fond de sa poche la bande de papier et la lui remit. Carlos fronça les sourcils.

« Rien que des chiffres ! fit-il avec une expression déçue. Ça m'a tout l'air d'un code. Qu'est-ce que cela signifie ? »

Hannibal secoua la tête :

« Je n'en sais rien. J'espère que nous serons renseignés par le message suivant, celui qui est adressé à Gérald.

– Peut-être, admit Carlos. Toutefois, je vous préviens que, maintenant, c'est moi qui prends l'affaire en main. La pendule ne vous était pas destinée. Les messages non plus. Remettez-moi ceux que vous pouvez détenir encore. C'est normal, puisque j'assume dorénavant la direction des opérations. »

Il avait prononcé ces derniers mots d'un ton assez menaçant. Hannibal se sentit pâlir.

« Nous n'avons rien d'autre ! protesta-t-il. Rendez-nous le réveil et la bande de papier. Ils nous sont indispensables pour notre enquête et aussi pour... »

« Nous allons fouiller ces gaillards... »

Carlos décida soudain :

« Gérald, nous allons fouiller ces gaillards. Ils gardent certainement dans leurs poches des documents intéressants !

– Bouge pas, toi ! » grommela Gérald Cramer.

Il se jeta sur Peter et, en quelques secondes, l'immobilisa dans l'étreinte de ses longs bras nerveux.

⁂

Au même moment, à des kilomètres de là, Bob et Harry, eux aussi, avaient des ennuis.

Après leur visite à Mme Roy – l'épouse de Rex – ils avaient repris, dans la voiture d'Harry, la route de Rocky. Ils roulaient dans les collines de Santa Monica et n'étaient plus qu'à deux kilomètres de leur destination, lorsque Bob surprit dans le rétroviseur une voiture qui les suivait. C'était une voiture bleu sombre à toit blanc. Il l'avait déjà aperçue, mais à grande distance. Maintenant, elle se rapprochait de plus en plus vite.

« Harry, dit Bob avec un accent inquiet, on nous suit ! Il y a une voiture derrière nous depuis longtemps. J'ai l'impression qu'elle essaie de nous rattraper.

– C'est ce qu'on va voir ! » déclara Harry.

Et il appuya sur l'accélérateur. La vieille voiture bondit en avant, prit un virage sur les chapeaux de roue et commença de descendre une longue pente. Bob jeta de nouveau un coup d'œil au rétroviseur. La voiture bleue à toit blanc s'était encore rapprochée. Elle n'était plus qu'à une centaine de mètres.

La vieille voiture avait beau rouler à une vitesse dangereuse, la bleue n'allait pas tarder à la talonner.

Harry prit si sèchement un deuxième virage qu'il faillit être déporté jusqu'au bord de la route qui, à cet endroit, longeait une haute falaise.

« Dans ces collines, dit-il à Bob, il faudrait un meilleur conducteur que moi. Qui nous suit ? Je n'en sais rien. En tout cas, il va nous rattraper !

– Tout n'est pas perdu, répondit Bob. Si nous réussissons à atteindre Rocky, il n'osera plus continuer à nous poursuivre.

– Je vais rester au milieu de la chaussée, décida Harry. Comme ça, il ne pourra pas nous doubler. »

Il se maintint donc, avec ténacité, au milieu de la route. La voiture bleue à toit blanc roulait maintenant presque pare-chocs contre pare-chocs avec la vieille voiture. Bob distinguait dans le rétroviseur une silhouette penchée sur le volant. Il lui semblait avoir déjà vu cet homme. Mais où ? Quand ?

Harry attendait avec impatience l'instant où il apercevrait devant lui la dernière pente, celle au bas de laquelle se déployait la petite ville de Rocky. Soudain, pour contourner un trou, il dut se rabattre vers la droite. Immédiatement, la voiture bleue à toit blanc profita de l'occasion. Elle commença de remonter par la gauche, mais en serrant la vieille voiture de si près que Harry fut contraint de se rabattre de plus en plus vers le talus qui bordait la route. Et, tout à coup, il hurla :

« Il faut que je m'arrête ! Sinon, nous sommes fichus ! »

Il freina. La voiture bleue à toit blanc se trouvait maintenant à la hauteur de la vieille voiture. Elle aussi ralentit. Bob essaya d'identifier le conducteur. L'homme portait des lunettes à verres fumés. Furieux contre lui-même, Bob pensait : « Je le connais. Mais qui est-ce ? Qui est-ce ? »

Harry s'arrêta. L'homme aux lunettes noires en fit autant. Puis, brusquement, à la profonde surprise de Bob et de son compagnon, il redémarra en trombe et disparut au plus proche virage.

« Ça alors ! fit Harry stupéfait. Il nous empoisonne pendant dix minutes. Puis, au moment où il nous a rejoints, il fiche le camp ! »

Mais les deux compagnons ne tardèrent pas à comprendre la raison de cette fuite. Ils entendirent bientôt une sirène, d'abord faible, puis de plus en plus forte. Et une voiture de la police de Rocky ne tarda pas à s'arrêter près d'eux. La sirène cessa de gémir. Un agent en uniforme descendit de la voiture. Les sourcils froncés, il s'avança vers Harry et lui aboya au visage :

« Montrez-moi donc votre permis ! J'ai vu des douzaines de casse-cou. Mais jamais dans un coin comme celui-là. Même si vous l'avez, votre permis, ça va vous coûter cher ! »

Chapitre 11

L'autre Gérald

« Je le tiens ! cria Gérald Cramer dont les bras serraient Peter à l'étouffer.

– Surtout, ne le lâche pas ! conseilla Carlos. Je m'occupe de l'autre. »

Il saisit sur une table un coupe-papier et en appuya la pointe contre la poitrine d'Hannibal :

« Maintenant, fiston, plus un mouvement ! Donne-moi tous les messages que tu possèdes. »

Hannibal gardait l'immobilité d'une statue. Peter, qui tournait le dos à Carlos, ne pouvait deviner que celui-ci disposait d'une arme. Il était bien résolu à ne pas céder sans combattre. A l'école secondaire qu'il fréquentait, il appartenait à l'équipe de lutte. Il savait donc comment se débarrasser d'un adversaire. Soudain il dégagea ses bras et se courba en avant et imprima en même temps à tout son corps une torsion violente. Puis il renversa les rôles. C'est-à-dire qu'il empoigna Gérald Cramer, le souleva. Le petit homme aux jambes torses vola par-dessus la tête de Peter, heurta Carlos au passage, s'abattit sur le sol. Carlos, perdant l'équilibre, tomba sur lui.

« Ce n'est pas le moment de lambiner ! » cria Hannibal.

Carlos, à moitié assommé, gisait sur le sol. Il tenait encore à la main le message chiffré remis par Mme Martha Harris. Hannibal le lui arracha, puis fonça avec Peter vers la porte. Celle-ci était si étroite que les deux garçons se heurtèrent. Enfin, Peter sortit le premier. Hannibal le suivit, et tous deux traversèrent le trottoir en courant. Arrivé à la voiture, Peter hurla :

« Le réveil, Babal ! Nous l'avons oublié !

– Aucune importance, répondit Hannibal en montant dans la Rolls-Royce. Tu sais bien que ce n'était pas le vrai. Warrington, emmenez-nous loin d'ici aussi vite que possible !

– Très bien, monsieur Hannibal », répondit le chauffeur.

Il démarra de façon si brusque que Peter et Hannibal faillirent glisser de la banquette arrière. Promptement, ils se redressèrent, s'appuyèrent contre le dossier, Hannibal montra le message chiffré.

« Voilà l'essentiel, dit-il. J'ai réussi à le récupérer. Maintenant, il ne nous reste plus... »

Il s'arrêta. Il ne serrait au bout de ses doigts

que la moitié du message ! L'autre était restée dans la main crispée de Carlos.

« C'est rudement ennuyeux ! s'exclama Peter. Nous n'avons plus que la moitié du message chiffré.

– Si nous retournions là-bas ? suggéra Hannibal.

– Ah ! non ! protesta Peter. Je n'ai plus envie de me bagarrer !

– Tu as raison, fit Hannibal après avoir réfléchi. D'ailleurs, Carlos a dû déjà cacher l'autre moitié. Il nierait qu'elle est en sa possession. »

Warrington demanda :

« Où allons-nous maintenant, messieurs ? Voulez-vous que je vous ramène au *Paradis de la Brocante* ?

– Pas encore, répondit Hannibal. Il nous reste un message à trouver. Gérald Cramer n'était pas le bon Gérald. Aucun doute là-dessus. Il nous reste Gérald Watson. Allons le voir. »

Il se pencha en avant pour donner l'adresse à Warrington. Puis les deux garçons reprirent leur conversation.

« Ecoute, Babal, dit Peter. Ce petit bonhomme, Gérald Cramer, n'a jamais reçu de message de M. Théodule Tick. Pourtant, il a paru, ainsi que le nommé Carlos, très intéressé quand il a compris ce que nous cherchions. Que penses-tu de ça ?

– Eh bien, vois-tu, pour moi, Gérald Cramer et Carlos savent, au sujet de Théodule Tick, quelque chose que nous ignorons. Ils estiment que les messages sont importants. Pourquoi ? Ce sera à nous d'essayer de le découvrir. Après tout, ce sont peut-être les messages eux-mêmes qui nous révéleront la vérité. »

Peter s'esclaffa :

« Lorsque nous les aurons déchiffrés ! A ce moment-là, nous serons vieux... surtout s'ils sont tous dans le genre de celui dont il ne te reste que la moitié !

– Je ne le sais que trop ! répliqua Hannibal. Nous ferons de notre mieux avec les moyens du bord. Voilà tout ! Warrington, nous ne sommes pas arrivés ?

– J'en ai l'impression, monsieur Hannibal, dit le chauffeur en arrêtant la Rolls-Royce. Si vous avez encore des ennuis...

– Je ne crois pas, interrompit Hannibal. Si nous avons besoin de vous, nous vous appellerons. Tu viens, Peter ? »

Les deux amis s'avancèrent vers une jolie maison de style espagnol, entourée d'un jardin. Un homme d'un certain âge était en train de planter des rosiers. Il leva la tête.

« M. Gérald Watson ? » demanda Hannibal.

L'homme inclina la tête.

« En effet, c'est moi, dit-il en retirant ses gants de jardin. Que puis-je faire pour vous ? Je ne pense pas que vous désiriez un autographe, ajouta-t-il avec un petit rire. Il y a des années que je n'ai pas été sollicité pour cela. Quand j'étais une vedette, quand je jouais le rôle du détective dans *La pendule hurle à minuit*, cinquante personnes venaient chaque jour vers moi le stylo à la main ! Mais je suppose que vous n'avez jamais entendu cette pièce, n'est-ce pas ?

– Je ne l'ai pas entendue, admit Hannibal. Mais je sais qu'il s'agissait d'une pièce écrite spécialement pour la radio, une pièce fantastique.

– La plus fantastique qui ait jamais existé ! Elle commençait par un hurlement, que poussait Théodule Tick, notre spécialiste. Ensuite, elle se poursuivait par toute une série de bruits mystérieux. Théodule et Rex en étaient les auteurs. Si j'ai bonne mémoire, c'était Théodule qui avait inventé l'intrigue, et Rex écrivait sous sa dictée. Théodule avait beaucoup d'imagination. Il n'avait pas son pareil pour mettre sur pied une histoire compliquée, bien noire, pleine de méandres, etc. Bah ! tout cela, c'est de l'histoire ancienne... Mais pourquoi êtes-vous venus me voir ? J'espère que vous n'allez pas essayer de me faire souscrire un abonnement à un magazine quelconque ?

– Non, monsieur, dit Hannibal. Il s'agit d'un message que vous aurait envoyé M. Tick. Dans un autre que nous avons, il suggère de vous le demander.

– Ah ! le message ! s'exclama M. Watson, soudain rayonnant. Mais bien sûr que je l'ai ! Il m'est tombé du ciel, comme ça. Cela faisait bien longtemps que Théodule ne m'avait donné de ses nouvelles... sauf la carte de vœux qu'il ne manquait pas de m'envoyer à Noël. Eh bien, entrez, entrez. Je vais vous le remettre, le message de Théodule ! »

Ouvrant la marche, il introduisit les deux garçons dans une pièce où régnait un ordre parfait. Hannibal et Peter remarquèrent immédiatement un volumineux magnétophone d'ancien modèle et, sur une étagère, de nombreuses bandes magnétiques. M. Watson prit dans un tiroir de son bureau une enveloppe qu'il tendit à Hannibal :

« Vous le constatez, elle est décachetée. Que voulez-vous ? Résister à la curiosité n'est pas toujours facile. Mais je n'ai pas compris un traître mot de ce qu'a écrit le cher Théodule. »

Après avoir extrait le message de l'enveloppe, Hannibal le déplia et lut, en même temps que Peter :

Exactement la première de cent.
Souvent c'est la nuit qu'elle fait mal.
C'est la seule où ronronne... Quoi ?
L'orgue ? Le chat ? Le glissement des années ?
Ce gamin aurait bien besoin
D'une pièce à sa culotte !
Mais pas avant août...

« Si Théodule avait voulu se payer notre tête, il n'aurait pu faire mieux, n'est-ce pas ? » s'esclaffa M. Watson quand Hannibal et Peter eurent terminé leur lecture. « J'ai essayé de comprendre cette devinette. Naturellement, je ne suis arrivé à rien. Par exemple, que signifient cette chose qui est la première de cent, cette autre qui fait mal la nuit, cette autre encore qui ronronne ? Bien sûr, ce ne peut être que le chat. Et le galopin qui a besoin d'une pièce à sa culotte ! C'est amusant... et ça ne tient pas debout. »

Il éclata de rire et ajouta :

« Dans sa lettre, Théodule me disait : « Tu « remettras cette lettre à toute personne qui vien- « dra te réclamer un message. » Vous êtes venus. Je vous ai remis le message. L'affaire est donc réglée. Mais, à propos, qui êtes-vous ? Je ne le sais pas encore.

– En effet, monsieur, répondit Hannibal, et je vous prie de nous en excuser. Voici notre carte. »

Avec beaucoup de gravité, M. Watson examina la carte des Trois jeunes détectives. Puis il échangea une poignée de main avec les deux garçons.

« Enchanté de faire votre connaissance, dit-il. Si Théodule Tick vous intéresse, peut-être vous plairait-il d'entendre certaines pièces que nous avons interprétées ensemble au bon vieux temps, surtout celles qui débutaient par un hurlement de Théodule. Elles étaient sensationnelles. Quelles intrigues, quelles péripéties, quel suspense ! Aujourd'hui, pour la télévision, on ne fait plus rien de semblable. Vous voyez, sur cette étagère, ces bandes magnétiques. Chacune est l'enregistrement d'une pièce où nous avons tenu, Théodule et moi, les premiers rôles. »

Hannibal et Peter étaient tentés. Ils savaient que certaines pièces diffusées jadis par la radio étaient bien supérieures, pour le suspense et l'atmosphère de terreur, à celles dont la télévision croyait pouvoir s'enorgueillir. Mais, vraiment, ils n'avaient pas de temps à perdre. Ils prirent donc congé de M. Watson. Le message que celui-ci venait de leur remettre les laissait profondément perplexes. Aussi, dès qu'ils furent remontés dans la Rolls-Royce, Hannibal pria-t-il Warrington de les ramener au *Paradis de la Brocante.* Puis, se tournant vers Peter :

« J'espère que Bob et Harry sont déjà de retour là-bas. S'ils sont en possession d'un message, nous le comparerons à celui de M. Watson. Alors, nous commencerons peut-être à y voir un peu plus clair. »

***

Bob et Harry n'étaient pas au *Paradis de la Brocante.* Et pour cause ! Le policeman, un nommé Roberts, qui les avait arrêtés pour excès de vitesse, était en train de les conduire au commissariat de Rocky. Cependant, il avait au préalable téléphoné à son chef, le sergent Reynolds.

« Le sergent vous connaît, paraît-il, dit-il à Bob. Ne croyez pas que vous allez vous en tirer à bon compte. Je crois au contraire que vous allez vous faire sonner les cloches. Sur les routes, vous êtes un danger public, vous autres jeunes ! »

Il les fit entrer dans le bureau du sergent Reynolds. Assis derrière sa table couverte de dossiers, le sergent était un homme carré, donnant une impression de force. Il leva les yeux :

« Salut, Bob. Désolé de vous voir ici. D'après Roberts, vous auriez commis un délit plutôt grave ? Il paraît que vous faisiez la course avec une autre voiture, là-bas dans les collines. Vous pouviez vous tuer, votre camarade et vous, et tuer peut-être d'autres personnes.

– Mais non, sergent, nous ne faisions pas la course, dit Bob. Nous étions poursuivis par une voiture. Elle venait juste de nous rattraper quand M. Roberts nous a rejoints. Elle a pris la fuite. »

Le policeman Roberts eut un sourire entendu :

« Ah ! oui, vous étiez poursuivis ! »

Il se tourna vers son chef :

« Dommage que vous ne les ayez pas vus, sergent ! Ils se lançaient comme des fous dans les virages. Et, dans les descentes, ils filaient à tombeau ouvert. Si un véhicule quelconque était arrivé en sens contraire, quel massacre ! »

Le sergent s'adressa de nouveau à Bob :

« Pourquoi vous poursuivait-on ? Portiez-vous de l'argent ? J'imagine que vous n'en avez jamais beaucoup sur vous.

– Nous faisons une enquête, expliqua Bob. Le point de départ de cette enquête est un réveil mystérieux...

– Un réveil mystérieux ! pouffa le policeman

Roberts. Je suis bien certain, sergent, que vous n'avez jamais rien entendu de semblable ! »

Bob ne se laissa pas impressionner :

« Mais c'est vrai, sergent ! D'ailleurs, souvenez-vous. Il n'y a pas bien longtemps, nous avons fait une enquête à propos d'un certain fantôme vert. Et c'est vous-même qui nous en aviez chargés... je veux dire Hannibal Jones, Peter Crentch et moi. »

Il évoquait une affaire à laquelle le sergent Reynolds avait naguère reconnu avec franchise qu'il ne comprenait rien.

« C'est exact, dit le sergent. Mais revenons à nos moutons. Où est-il, votre réveil, et qu'a-t-il de si mystérieux ?

– Il est dehors, dans la voiture, répondit Bob. Si nous pouvons vous le montrer, je suis persuadé qu'il vous paraîtra aussi mystérieux qu'à nous. »

Le sergent fit un signe à l'intention du policeman Roberts :

« Allez prendre ce réveil dans la voiture et apportez-le ici.

– Il est sur le siège avant, dans un sac à fermeture à glissière », expliqua Bob.

Quand le policeman fut sorti du bureau, le sergent reprit :

« Vous savez, Bob, que je désire vous croire. Mais, voyez-vous, ces derniers temps, nous avons eu beaucoup d'ennuis avec des jeunes qui se croient tout permis, conduisent comme des fous, etc. Il faut que nous trouvions un moyen de mettre un terme à ces... Ah ! voilà Roberts. Alors, ce réveil ? »

Le policeman secoua la tête :

« Il n'y a pas de réveil dans la voiture. Pas de sac sur le siège avant. Rien. »

Bob et Harry se regardèrent fixement.

« Ça, c'est la fin de tout ! s'exclama Bob. Le réveil a été volé ! »

Chapitre 12

Questions... sans réponses

« Je me demande ce que Bob et Harry peuvent bien fabriquer ! » dit Peter à Hannibal.

Tous deux se trouvaient dans leur P.C. Hannibal, assis à la table, se penchait sur le message de M. Watson.

« Je vais jeter un coup d'œil dehors, reprit Peter. Comme ça, s'ils arrivent, je les verrai. »

Il se dirigea vers l'un des angles du P.C. Là, un mince tuyau descendait du toit. Hannibal en avait

Tous deux se trouvaient dans leur P.C.

fait un périscope qui permettait de scruter un vaste panorama.

Après un simple coup d'œil dans le périscope, Peter annonça :

« La voiture d'Harry vient d'entrer dans la cour ! »

Peu après, quelques coups convenus d'avance furent frappés contre la trappe donnant accès au tunnel numéro 2. Peter souleva la trappe. Bob et Harry se hissèrent par l'ouverture. Ils semblaient à bout de force.

« Vous avez eu le message ? leur demanda Hannibal.

– Oui, répondit Bob. Mais nous n'y comprenons rien.

– Puis-je le voir ? Et le réveil ? »

Bob hésita avant de murmurer :

« Nous ne l'avons plus... »

Hannibal fronça les sourcils :

« Vous l'avez perdu ? »

Harry intervint :

« On nous l'a volé ! Nous l'avions laissé dans ma voiture pendant que nous étions au commissariat.

– Qu'est-ce que vous faisiez au commissariat ? interrogea Peter. Auriez-vous eu besoin de la police ?

– Non, répondit Harry. Nous avons été arrêtés pour excès de vitesse. Vous comprenez, un peu avant Rocky, quelqu'un a essayé de nous rattraper. De sorte que... »

Et il raconta toute leur aventure. Bob, parfois, prenait le relais, ajoutait quelques détails. Ce fut lui aussi qui conclut :

« A la fin, le sergent Reynolds nous a laissés partir. Il a même fait ce commentaire : « N'hési-
« tez pas, le cas échéant, à solliciter notre aide. Il
« se pourrait que vous soyez mêlés à une affaire
« assez grave. Sinon, pourquoi un inconnu vous
« aurait-il poursuivis ? »

– Pour l'instant, dit Hannibal, je n'ai pas l'impression que la police serait intéressée par ce que nous savons. Peut-être même croirait-elle à une blague. Mais nous aussi nous avons eu quelques ennuis ! »

Alors Hannibal et Peter firent tour à tour le récit de leur entrevue mouvementée avec Carlos et le petit homme aux jambes torses qui, selon Hannibal, avait l'air d'un jockey ou d'un ancien jockey.

« Ce qui est sûr, poursuivit-il, c'est que quelqu'un veut s'approprier non seulement le réveil, mais aussi les messages. Il est probable que le réveil a été volé par l'homme qui vous poursuivait. Quand il a vu qu'on vous emmenait au commissariat, il a fait un détour, puis il est revenu et, bien tranquillement, il a pris le réveil dans la voiture d'Harry.

– Mais enfin, demanda Bob, le réveil, les messages... qui est au courant ? C'est une question à laquelle je ne trouve pas de réponse.

– Eh bien, dit Hannibal, nous savons, par

exemple, qu'en ce qui concerne le réveil, M. Jitters est au courant. Peut-être a-t-il fait des confidences à quelqu'un. D'autre part, il y a Carlos et Gérald Cramer. Nous avons été assez naïfs pour leur parler à cœur ouvert. Et, quand nous avons compris que ce Gérald Cramer n'était pas celui que nous cherchions, il était trop tard pour faire marche arrière. Comme vous pouvez le constater, il y a plusieurs personnes qui savent à peu près ce que nous avons derrière la tête.

– Plusieurs, c'est encore trop pour moi ! grommela Peter. Mais, dis-moi, Babal, le message que Bob t'a remis est-il aussi incompréhensible que les nôtres ? »

Hannibal déplia sur la table, devant lui, le message de Bob, le parcourut du regard et déclara :

« Tout aussi incompréhensible.

– Un casse-tête, quoi ! fit Peter.

– Si tu veux, admit Hannibal. Mais nous n'allons pas nous laisser décourager pour autant, n'est-ce pas ? Il faut absolument que nous sachions ce que signifient ces messages, même si nous devons y passer plusieurs jours. Cependant, avant toute chose, j'aimerais que Bob nous fasse un compte rendu détaillé de ses entretiens avec M. Walter Roy et Mlle Imogène Taylor. »

Bob s'exécuta. Hannibal l'écoutait avc une attention extrême.

« Ainsi, dit-il, M. Walter Roy, surnommé Rex, est à l'hôpital ! M. Théodule Tick lui a envoyé le réveil... croyant que Rex rassemblerait les messages, les déchiffrerait... En définitive, nous ne sommes pas plus avancés !

– N'oublie pas, rappela Bob, que le message collé au fond du réveil se terminait ainsi : *Puis passez à l'action ! Le résultat vous surprendra. Même vous.*

– C'est vrai, reconnut Hannibal. Mais surpris agréablement ou désagréablement ? Et de quoi ?... C'est à nous de le découvrir. Attaquons donc les messages. Le premier est sans aucun doute celui que Bob et Harry ont obtenu de Mlle Taylor. C'est donc par lui que nous allons commencer. »

Il étala sur la table la feuille de papier, et tous purent lire :

O deuxième personne, parfois si nombreuse !
Il trône sur une étagère, gonflé à craquer.
Les avocats se disent ainsi, les assureurs sou-
[vent.
Ce que peut un sourd, même un paralytique.
Un bon moyen de s'amuser.

« Et vous trouvez que ça ressemble à un message ! s'exclama Harry. Pour moi, ce doit être une espèce de code. »

Hannibal balaya du regard ses compagnons :

« Ce message – appelons-le ainsi pour simplifier les choses – était destiné à M. Roy, celui qui est présentement à l'hôpital. Il paraît qu'il est très fort pour déchiffrer les énigmes. Pourquoi ne serions-nous pas aussi astucieux que lui ?

– Parle pour toi ! bougonna Peter d'un air sombre.

– A première vue, continua Hannibal, ces phrases obscures, j'en conviens, font penser à des définitions de mots croisés. J'ai l'impression que chacune d'elles cache un mot... un mot à chercher et à trouver, par raisonnement, tâtonnements, déductions, etc. Et, lorsque nous les tiendrons tous, nous aurons une phrase qui sera le message lui-même.

– Mais quels mots ? demanda Peter. Par exemple, qu'est-ce que c'est que cette deuxième personne parfois si nombreuse ? Je n'ai jamais vu pareil charabia ! »

Hannibal leva la main :

« Du calme, du calme ! Je reconnais que ces définitions sont bien plus rébarbatives que celles des mots croisés. Mais, enfin, nous sommes quatre. Avec de la bonne volonté, nous devrions arriver à un résultat. Et maintenant, allons-y ! Quelqu'un a-t-il une idée au sujet de cette *deuxième personne parfois si nombreuse* ?

– Comment une personne peut-elle être nombreuse ? cria Peter. C'est idiot !

– D'abord, précisa Hannibal, il s'agit de la deuxième personne. Et puis, elle n'est pas seulement nombreuse. Ell est parfois nombreuse. Ce n'est pas la même chose ! »

Il consulta du regard Bob et Harry :

« Vous ne trouvez rien ? Non ? Alors n'insistons pas, du moins pour l'instant. Je suis d'avis que nous prenions une vue d'ensemble du message, que nous tâtions à droite et à gauche. Peut-être ferons-nous en chemin une découverte. Et, si nous avons cette chance, nous reviendrons à la première phrase. Passons donc à la deuxième : *Il trône sur une étagère, gonflé à craquer.* Qu'est-ce qui peut trôner sur une étagère, gonflé à craquer ? »

Bob suggéra :

« Un chat... un gros chat bien sûr.

– Ça pourrait être aussi un vase très rebondi, proposa Harry.

– Pourquoi pas un livre, de cinq cents pages ? » ajouta Peter.

Hannibal, qui réfléchissait, les yeux fixés sur le message, dressa soudain la tête :

« En effet, pourquoi pas un livre ? Vous voyez, je note ce mot. On verra, par la suite, ce qu'il peut donner. »

Prenant une feuille de papier, il écrivit au crayon-feutre le mot « livre ».

« Continuons, reprit-il. Voyons un peu la ligne suivante : *Les avocats se disent ainsi, les assureurs souvent.* »

Cette fois, il n'eut pas besoin de stimuler ses compagnons. Bob, Peter et Harry commençaient à trouver le jeu amusant. Leurs suggestions crépitèrent.

« Les avocats se disent parfois civilistes, parce qu'ils s'occupent d'affaires civiles. Non, ça ne marche pas. Les assureurs, eux, ne peuvent pas se prétendre civilistes. »

Bob :

« Avocat du diable ? »

Harry :

« Avocat stagiaire ? Avocat général ? Avocat plaidant ? »

Hannibal l'interrompit :

« Vous brûlez, Harry ! Avocat conseil... assureurs, conseil ! Si cette solution est la bonne, c'est vous qui m'avez mis sur la voie. Donc, je note : « conseil. »

Il achevait à peine de griffonner ce mot, qu'une voix, celle de Mme Jones, pénétra par la lucarne du P.C. :

« Hannibal, il se fait tard ! Nous fermons boutique. C'est l'heure de dîner. »

Hannibal répondit en utilisant le microphone qui reliait le P.C. au bureau du dépôt de bric-à-brac :

« Compris, tante Mathilda. J'arrive. »

Et, s'adressant à ses compagnons :

« Malheureusement, c'est fini pour aujourd'hui. Il va falloir nous séparer. Harry, pouvez-vous revenir demain ?

– Je ne crois pas, répondit Harry. Ma mère aura besoin de moi. Je l'aide aux travaux de la maison. En outre, nous n'avons guère progressé. Et je me demande si nous ne tournons pas en rond...

– En tout cas, reprit Hannibal, nous resterons

en contact avec vous. En ce qui vous concerne, vous pouvez surveiller M. Jitters. N'oubliez pas qu'il a essayé de nous chiper le réveil. C'est peut-être lui qui vous a suivis sur la route et qui a volé le réveil dans votre voiture, quand vous étiez au commissariat avec Bob.

– Entendu, je le surveillerai. Il ne m'inspire pas confiance. J'ai l'impression qu'il mijote quelque chose.

– Quant à nous trois... », commença Hannibal.

Cette fois, ce fut la sonnerie du téléphone qui l'interrompit. Il décrocha :

« Ici, les Trois jeunes détectives. Hannibal Jones à l'appareil.

– Allô ! Ici, Gérald Watson. Vous êtes venus me voir cet après-midi à propos d'un message de Théodule Tick.

– Qu'y a-t-il pour votre service, monsieur Watson ?

– Après réflexion, j'ai décidé de vous mettre au courant. Si je peux le faire, c'est grâce à la carte que vous m'avez remise. Je veux que vous sachiez ce qui s'est passé après votre départ.

– Que s'est-il passé, monsieur Watson ?

– Eh bien, deux hommes se sont présentés chez moi. Un grand très brun, une sorte de sud-Américain, et un petit. Ils ont prétendu qu'ils m'étaient envoyés par Théodule Tick et m'ont réclamé le message.

– Vous ne pouviez pas le leur donner, puisque vous nous l'aviez remis !

– C'est exact. Mais, justement, ils ont voulu savoir à qui je l'avais remis. Je leur ai montré votre carte. Ils ont noté vos noms. J'ai agi avec légèreté, je m'en suis rendu compte presque tout de suite. Mais c'était trop tard. Pourtant, je n'aimais guère ces deux hommes, surtout le grand, que le petit appelait Carlos. Je le trouvais insinuant, trop poli.

– Ce qui est fait, est fait, conclut Hannibal. En tout cas, monsieur Watson, merci de nous avoir avertis. »

Il raccrocha et expliqua à ses compagnons :

« Maintenant, Carlos et Gérald Cramer connaissent nos identités. Pas de doute, ils veulent le réveil et les messages. M. Jitters, lui aussi, voulait le réveil. Mais c'est peut-être une troisième personne que nous ne connaissons pas encore – ou un groupe de personnes – qui a réellement volé dans la voiture. Les choses se compliquent. Il y a des tas de gens qui s'intéressent à cette affaire. Quel labyrinthe ! Je donnerais beaucoup pour savoir où nous en sommes. »

Chapitre 13

Bob fait des découvertes

Le lendemain matin, Bob s'apprêtait à se rendre au *Paradis de la Brocante.* Il engloutissait en hâte son petit déjeuner, lorsque le téléphone sonna. C'était Mlle Bennett, qui dirigeait la bibliothèque municipale de Rocky.

« Bob, dit-elle, j'aurais besoin d'un coup de main. Pourriez-vous venir pour une demi-journée ou un peu plus ? »

Bob travaillait ainsi de temps à autre à la bibliothèque municipale. Il recollait des livres détériorés, mettait de l'ordre sur les étagères, classait des fiches, etc.

Bien sûr, il brûlait de rejoindre Babal et Peter, et de se pencher avec eux sur les mystérieux messages. Mais pouvait-il opposer un refus à Mlle Bennett ? Il lui répondit donc :

« Je suis chez vous dans vingt minutes. »

Et il sauta sur son vélo.

Mlle Bennett l'accueillit avec soulagement, car son adjointe était absente pour la journée. Immédiatement, Bob se mit à l'ouvrage. A midi, Mlle Bennett lui demanda de rester encore. Il dut accepter. Il mangea les sandwiches que sa mère lui avait préparés avant son départ de la maison.

C'est alors qu'il lui vint une idée : « Si je profitais de ce répit pour faire quelques recherches ? On ne sait jamais, je découvrirai peut-être quelque chose. »

N'ayant pas sous la main le texte du premier message, celui qu'il avait déjà étudié la veille en compagnie d'Hannibal, de Peter et d'Harry, il fit un effort de mémoire : « Voyons, qu'avons-nous trouvé ? Deux mots : conseil et livre. Puisque je dispose d'un moment, il faudrait essayer de pousser un peu plus loin. »

L'une des phrases du message l'avait frappé : *Ce que peut un sourd, même un paralytique.* « Avant tout, décida-t-il, je vais procéder de façon rationnelle, tout bêtement. Ce qu'il faut, c'est rassembler des éléments. Ensuite, on rapproche ces éléments, on réfléchit. Souvent, c'est ainsi que la lumière jaillit. »

Il prit donc une encyclopédie et lut les articles consacrés aux sourds et à la surdité, aux paralytiques et aux diverses formes de paralysie. Comme il s'y attendait un peu, il ne découvrit rien dans ces articles touffus qui pût l'éclairer.

Il se prit la tête dans les mains, essaya de se représenter un sourd, puis un paralytique :

« Un sourd peut marcher, toucher, penser, voir. Un paralytique... »

Il n'alla pas plus loin. Il avait soudain trouvé deux solutions possibles. Et, comme il n'avait plus le temps de s'y attarder, car Mlle Bennett

Il prit donc une encyclopédie et lut les articles consacrés aux sourds et à la surdité...

n'allait pas tarder à revenir, il passa à une autre phrase : *O deuxième personne, parfois si nombreuse !* Il resta les yeux fixés une bonne minute sur ces six mots, dont l'assemblage lui semblait bien bizarre.

« C'est quelque chose d'absolument idiot ! maugréa-t-il. A quoi bon continuer ? »

Mais il se ressaisit : « La méthode bêtement rationnelle ! Il n'y a que ça de vrai. »

Il rouvrit l'encyclopédie, au mot « personne ». L'article s'étendait sur plusieurs colonnes. « Quelle barbe ! » songea Bob. Tout de même, il tint bon, alla presque jusqu'au bout. Et, tout à coup, un éclair : « Deuxième personne, parfois si nombreuse ! Parbleu, ce n'est pas une encyclopédie qu'il me faut, c'est une grammaire. Mais à quoi bon aller jusqu'à la source ? La cause est entendue ! »

Comme Mlle Bennett venait de regagner la bibliothèque, il se remit au travail. Il espérait qu'elle ne tarderait pas à lui rendre la liberté. Il avait hâte de rejoindre Hannibal et Peter au *Paradis de la Brocante* et de les mettre au courant de ses découvertes.

Cependant, Mlle Bennett le garda jusqu'à la fin de l'après-midi. Il était cinq heures lorsqu'elle lui dit :

« Bob, je vous remercie. Vous pouvez partir. »

Pas besoin de le lui dire deux fois ! Il sauta sur sa bicyclette et fonça vers le dépôt de bric-à-brac. Dans la cour du dépôt, quelle ne fut pas sa surprise de trouver Hannibal et Peter qui, l'air piteux, rangeaient en tas des objets de toutes sortes, derrière la cabane servant de bureau.

Quand Bob fut descendu de son vélo, Hannibal lui expliqua :

« Nous avons travaillé toute la journée. Ce matin, oncle Titus est arrivé avec un plein camion de camelote. Tante Mathilda a voulu que nous fassions le tri. Il fallait bien remplacer Hans et Conrad. C'est leur jour de congé. Autant te dire que notre enquête, aujourd'hui, a plutôt piétiné !

– Avez-vous eu des nouvelles d'Harry ? demanda Bob.

– Juste un coup de téléphone. M. Jitters l'a poussé dans un coin et lui a demandé ce qu'il avait fait hier avec nous. Il était si menaçant que Harry a pris peur. Il lui a dit que nous avions réussi à nous procurer des messages incompréhensibles. Il lui a parlé aussi du vol du réveil hurleur. M. Jitters a failli exploser de rage.

– Il sait quelque chose que nous ignorons, remarqua Bob. Si nous réussissons à déchiffrer les messages, nous en saurons peut-être autant que lui. A ce propos, Babal, je voulais te dire... »

Bob fut interrompu par la voix retentissante de Mme Jones :

« Babal, tu lambines ! Tu oublies que tu n'as pas encore terminé ! Tiens, bonjour, Bob. Je suis contente que vous soyez ici. Vous allez pouvoir commencer à faire la liste de toute cette camelote. Et n'oubliez pas : je veux du travail sérieux. Quant à moi, je vais préparer le dîner. »

Elle s'avança et plaça de force entre les mains de Bob un gros registre. C'était sur ce registre que le nouveau venu devait ajouter les marchandises achetées le matin au stock déjà considérable du *Paradis de la Brocante.*

« Vous entendez bien, Bob, je veux du travail sérieux, reprit Mme Jones. Et j'espère qu'à vous trois vous ne tarderez pas à en avoir fini. Je vous appellerai quand le dîner sera prêt. »

Sur ces mots, elle tourna les talons. Bob se mit à l'ouvrage. Chaque fois que Peter ou Babal posait un objet sur l'un des tas, il annonçait :

« Un fauteuil à bascule !

– Un fauteuil à bascule, répétait Bob en écrivant sur le registre.

– Plusieurs outils de jardinage, rouillés !

– Plusieurs outils de jardinage, rouillés. »

Pendant une heure, Peter et Hannibal psalmodièrent ainsi, tandis que Bob écrivait. Quand tout fut terminé, les deux premiers, qui n'en pouvaient plus, se laissèrent tomber sur le sol. Bob, lui aussi, était fatigué. Mais il avait surtout envie de communiquer à ses amis le résultat de ses recherches à la bibliothèque municipale.

« Et les messages, on ne s'en occupe pas ? demanda-t-il.

– Pas question de réfléchir ni de bouger ! gémit Peter. Je ne sais même pas si je pourrais me lever. Non, Bob, je n'ai pas envie de m'occuper de ces maudits messages !

– Moi aussi, je me sens incapable de réfléchir clairement, admit Hannibal. Bob, si on remettait ça à demain ?

– Mais, protesta Bob, j'ai des idées. Oui, j'ai deux idées. Je n'en suis pas absolument sûr. Mais on ne sait jamais. Elles peuvent coller !

– Une idée ! grogna Peter. Les idées courent les rues !

– On pourrait au moins écouter ce que Bob veut nous dire, suggéra Hannibal. Vas-y, Bob.

– Eh bien, voilà. Cet après-midi, à la bibliothèque, pendant l'heure du déjeuner, j'ai réfléchi. J'ai étudié deux des phrases du premier message. D'abord celle-ci : *Ce que peut un sourd, même un paralytique.* J'ai essayé d'employer une méthode rationnelle. J'avais une encyclopédie sous la main. Je l'ai ouverte. Ça n'a pas donné grand-chose. Alors, je me suis pris la tête dans les mains. Et j'ai trouvé soudain deux solutions. Oh ! bien simples. Mais sait-on jamais ?

– Alors ? fit Hannibal.

– Remarquez bien, ce ne sont que des hypothèses. Cependant, d'hypothèse en hypothèse on arrive parfois... Bref, ce que peuvent faire aussi bien l'un que l'autre un sourd et un paralytique, c'est voir ou penser. A franchement parler, je préfère voir.

– Pas mal, admit Hannibal. Que dis-tu de ça, Peter ?

– Vous commencez à me casser les pieds ! bougonna Peter. En ce moment, la seule chose qui m'intéresse, c'est de me mettre à table et de faire un bon dîner ! »

Hannibal se retourna vers Bob :

« Continue. A quelle autre phrase t'es-tu attaqué ?

– A celle-ci : *O deuxième personne, parfois si*

nombreuse. A première vue, ça paraît idiot, n'est-ce pas ?

– Plutôt, soupira Hannibal.

– Cette fois encore, j'ai voulu me servir de l'encyclopédie. C'était chercher midi à quatorze heures. Rien ne vaut la réflexion, l'intuition surtout.

– Et alors ? insista Hannibal.

– Alors ? Ça va te paraître bête comme chou, Babal. Il fallait seulement y penser. La deuxième personne, qu'est-ce que c'est ? C'est « vous ». On l'emploie aussi bien au singulier qu'au pluriel. « Madame, vous êtes très élégante ». « Soldats, vous vous êtes magnifiquement battus ».

– J'ai l'impression que tu as raison », dit Hannibal pensif, en pinçant sa lèvre inférieure.

Il se leva, secoua la poussière de ses vêtements et ajouta :

« Avec les éléments que nous possédons déjà... Allons vite au P.C. Avant que tante Mathilda nous appelle, nous avons le temps de jeter un coup d'œil à ce message. »

Naturellement, Peter n'était pas de cet avis :

« On pourrait peut-être attendre demain ? »

Il se leva cependant et suivit Hannibal et Bob vers le tunnel numéro 2.

Cinq minutes plus tard, réunis autour de la table du P.C., les trois garçons se penchaient sur le message.

« D'abord, dit Hannibal, résumons-nous. Nous disposons déjà... je n'affirmerai pas qu'il s'agit de solutions, mais d'idées. Oui, nous avons des idées pour la deuxième ligne du message et pour la troisième. La deuxième est : *Il trône sur une étagère, gonflé à craquer.* Là, j'ai noté « livre », et cela semble plausible. Troisième ligne : *Les avocats se disent ainsi, les assureurs souvent.* J'ai noté « conseil ». Voyons maintenant les trouvailles de Bob.

– De simples hypothèses », fit Bob avec modestie.

Hannibal lui rappela :

« Nous sommes des espèces de chercheurs. Nous devons saisir tout ce qui passe à notre portée. Si j'ai bien compris, Bob, tu as étudié la quatrième ligne : *Ce que peut un sourd, même un paralytique,* et la première : *O deuxième personne, parfois si nombreuse !* Je me demande d'ailleurs pourquoi tu t'es intéressé à la quatrième avant la première. Mais peu importe. Pour la quatrième, tu proposes...

– Voir ou penser. Je préfère voir.

– Je note « voir ». Et pour la première ligne ?

– Simplement le pronom personnel « vous ».

– Je note « vous. »

Hannibal réfléchit un instant, puis il lut à haute voix les mots alignés sur sa feuille de papier :

« Livre... conseil... voir... vous. Evidemment, ça ne signifie pas grand-chose. »

Peter, qui restait de mauvaise humeur, siffla entre ses dents :

« Dis plutôt que c'est de plus en plus idiot !

– Sait-on jamais ? » murmura Hannibal d'un ton rêveur.

Au bout de quelques secondes, il ajouta :

« Il nous reste une ligne, la dernière. C'est peut-être elle qui cache la clef de l'ensemble. La voilà : *Un bon moyen de s'amuser.* Concentrons-nous. »

Il y eut alors soudain un profond silence dans le P.C. Hannibal pinçait sa lèvre inférieure. Bob regardait au loin, sourcils froncés. Seul, Peter affectait l'indifférence.

« C'est bien joli de se concentrer, dit-il. Mais à quoi ça sert ? Des moyens de s'amuser, il y en a cent, deux cents ! Nous n'allons tout de même pas les passer tous en revue ! »

Mais Hannibal et Bob ne semblaient pas l'écouter. Bob murmura :

« Les cartes ? Le sport ?

– Les films comiques ? » suggéra Hannibal.

Peter explosa :

« Ce que vous pouvez être bêtes ! Moi, je dis que le bon moyen de s'amuser, c'est le jeu. Oui, le jeu en général ! »

Bob et Hannibal le dévisagèrent, encore incrédules. Peter ordonna :

« Babal, note immédiatement le mot jeu, qu'on en finisse ! »

Hannibal, avec une docilité qui ne lui était pas habituelle, écrivit donc le mot jeu.

« Je fais cela par acquit de conscience, dit-il.

Maintenant, ça donne : Livre... conseil... voir... vous... jeu. J'ai l'impression que nous ne sommes pas plus avancés... »

Mais Peter, si passif jusque-là, changeait d'humeur, s'animait et commençait à retrouver son sourire :

« Vous m'étonnez tous les deux ! En général, vous avez l'esprit plus vif. Le mot « jeu », êtes-vous sûr qu'il ne faut pas le prendre dans un autre sens ? Le cher Théodule Tick a probablement plus d'un tour dans son sac. Moi, je dis qu'il faut entendre « jeu » comme le pronom personnel « je ». Oui, tout bonnement. Et, tenez, je vais vous aider encore un peu. Il y a un autre mot qui me taquine. C'est « conseil ». Pourquoi ne serait-ce pas le verbe « conseiller », à la première personne du singulier du présent de l'indicatif ? Ça donnerait : Je vous conseille... »

Hannibal lut les autres mots griffonnés sur sa feuille de papier :

« Voir... livre...

– Vous comprenez, reprit Peter, Théodule Tick adressait ses messages à des gens perspicaces, rompus à ce genre d'énigmes. Et maintenant, Hannibal, qu'est-ce que ça donne ?

– Je vous conseille voir livre.

– C'est du style télégraphique. Pas de doute, il faut l'interpréter ainsi : Je vous conseille de voir le livre. »

Hannibal hocha la tête :

« Je crois, Peter, que tu as raison.

– Sans doute, dit Bob. Mais de quel livre peut-il s'agir ? »

Hannibal fit observer :

« Il ne faut pas oublier que nous avons encore deux messages. Je vous propose de... »

La voix de tante Mathilda lui coupa la parole :

« Le dîner est prêt ! Ne le faites pas attendre.

– Et voilà ! s'exclama Hannibal en haussant les épaules. Inutile de continuer. Nous nous y remettrons demain. Nous serons bien reposés. Nous aurons l'esprit frais. Peut-être réussirons-nous cette fois à franchir l'ultime étape. »

Et, laissant les messages dans le secret du P.C., les trois garçons se hâtèrent d'obéir à l'appel de tante Mathilda.

Chapitre 14

Bob en détresse

Pendant le dîner, Hannibal, Bob et Peter parlèrent du message sur lequel, pendant une heure, ils s'étaient acharnés. Ils avaient un peu l'impression d'avoir démêlé un écheveau. « Je vous conseille de voir le livre... » Quel livre ? Ils n'en avaient pas la moindre idée.

« Et si c'était la Bible ? hasarda Peter. Beaucoup de gens l'appellent le Livre.

– Je ne crois pas, dit Hannibal en se servant une deuxième tranche de gâteau. Mais, après tout, c'est possible. L'autre message nous permettra peut-être d'y voir un peu plus clair. »

Oncle Titus, qui était assis au bout de la table, demanda :

« A quelle enquête travaillez-vous en ce moment ?

– Nous avons des messages assez mystérieux à déchiffrer, expliqua Hannibal. Nous n'en sommes qu'au commencement.

– Je vous trouve amusants avec votre association de détectives ! » s'exclama tante Mathilda.

Elle déposa une nouvelle tranche de gâteau dans l'assiette de Peter et ajouta :

« Je ne suis pas mécontente de vous avoir obligés à travailler en plein air aujourd'hui. Sinon, vous auriez passé tout votre temps enfermés, à déchiffrer ces fameux messages ! »

Naguère, les trois garçons avaient formé un club d'amateurs de mots croisés. Puis ce club était devenu les Trois jeunes détectives. Mais Mme Jones, elle, demeurait persuadée qu'ils ne s'occupaient toujours que de mots croisés, bref de distractions assez inoffensives.

« Pour ce soir, c'en est fini de déchiffrer des messages, dit Hannibal en bâillant. Le grand air m'a fatigué, tante Mathilda. Je vais me coucher tôt. »

Peter bâilla, lui aussi :

« Hannibal me donne l'exemple. Votre dîner était excellent, madame Jones. Cependant, je vous prie de m'excuser. Je rentre chez moi et... au dodo ! »

Bob et Peter prirent congé de M. et Mme Jones. Ils sautèrent sur leurs bicyclettes, roulèrent de conserve pendant cinq minutes, puis se séparèrent et chacun prit le chemin de sa maison.

Aucun d'eux n'avait remarqué une camionnette

qui allait lentement dans leur sillage. Quand ils se séparèrent, elle suivit Bob.

⁂

Pendant ce temps, Hannibal aidait sa tante à desservir. Comme il ne cessait de bâiller, tante Mathilda s'exclama :

« Ma parole, tu n'en peux plus ! Je finirai seule. Monte tout de suite te coucher. »

Hannibal ne se fit pas prier. Il monta dans sa chambre, se déshabilla et se laissa tomber sur son lit avec un soupir satisfait. Il croyait s'endormir très vite. Ce fut le contraire qui se produisit. Il se mit à penser aux trois messages.

Selon toutes probabilités, la solution du premier était : Je vous conseille de voir le livre. Quel livre ? Le deuxième message fournissait-il la réponse à cette question ? Hannibal fouilla dans sa mémoire, essaya de le reconstituer. Mais tous ses efforts demeuraient vains. « Je ne peux pas continuer comme ça toute la nuit ! » pensait-il. A la fin, il prit une décision : « Je vais essayer de trouver la solution du deuxième message. Ensuite, je réussirai peut-être à dormir. »

Il se rhabilla, descendit au rez-de-chaussée. Son oncle et sa tante regardaient la télévision. Quand il apparut, ils se tournèrent vers lui d'un air surpris.

« Que se passe-t-il, Hannibal ? demanda tante Mathilda. Je te croyais endormi.

– Il m'est venu une idée... au sujet d'une sorte de devinette. Je l'ai laissée... là-bas. Je vais la chercher. Je voudrais y jeter un coup d'œil. Ensuite, je me recoucherai.

– Avec tes devinettes, tu finiras bien par attraper une méningite ! » conclut en riant Mme Jones.

Hannibal eut vite fait de parcourir la courte distance séparant la maison de l'entrée du dépôt de bric-à-brac. La grille était verrouillée. Cependant, Hannibal disposait d'une entrée personnelle qu'il utilisait à l'occasion. Il longea la palissade barbouillée de couleurs différentes et s'arrêta devant deux planches peintes en vert.

Il appuya de l'index sur un nœud du bois. Les planches s'écartèrent en silence, révélant un passage étroit. C'était la Porte Verte numéro 1, l'une des entrées et sorties secrètes que seuls connaissaient les Trois jeunes détectives. Hannibal se glissa entre les planches et se trouva dans l'atelier.

Il contourna la presse à imprimer. Derrière la presse, il déplaça le morceau de grillage qui cachait l'entrée du Tunnel numéro 2. Il se mit à quatre pattes, parcourut le tunnel. A l'extrémité, il trouva la trappe. Il la souleva et se hissa dans le bureau du P.C.

Il avait laissé les messages dans le tiroir de la table. Il les prit, après avoir au préalable allumé la lampe électrique pendue au plafond. Il mit de côté le premier message (Je vous conseille de voir

Il lut avec étonnement ce texte obscur...

le livre), puis déplia le deuxième, celui qu'il avait obtenu de Gérald Watson, lors de la visite qu'il lui avait faite en compagnie de Peter.

Il lut avec étonnement ce texte obscur :

Exactement la première de cent.
Souvent c'est la nuit qu'elle fait mal.
C'est la seule où ronronne... Quoi ?
L'orgue ? Le chat ? Le glissement des années ?
Ce gamin aurait bien besoin
D'une pièce à sa culotte.
Mais pas avant août.

Après avoir lu le texte deux fois, Hannibal resta un moment perplexe. Puis il reprit espoir en se souvenant du premier message : « C'est peut-être la même règle... si l'on peut parler de règle. Dans la plupart des cas, chaque ligne contient une indication, fournit en quelque sorte un mot. Donc, rien à voir avec les définitions des mots croisés. Mais il ne faut pas s'y fier. Tout de même essayons... avec prudence, car ce Théodule Tick a souvent l'esprit tordu... »

La ligne par laquelle commençait le message était ainsi rédigée : *Exactement la première de cent.* Hannibal réfléchit : « La première... le premier ? Oui, pourquoi pas le premier ? Ce serait une astuce de Théodule ! Donc, qu'est-ce qui est le premier de cent ? Parbleu, c'est un. »

Il nota « un », sur la même feuille de papier qui lui avait servi pour le premier message.

« Il n'est pas possible que cela continue ainsi, pensa-t-il. Ce serait trop facile. Après tout, « un » ou « une » n'est peut-être pas la bonne réponse. Avec Théodule, on ne sait jamais ! Il a plus d'un tour dans son sac, l'animal ! »

Il conclut, énergiquement :

« Continuons. L'essentiel est d'aller jusqu'au bout. Il sera toujours temps de revenir en arrière si le résultat paraît insuffisant. »

Il continua donc. Deuxième ligne : *Souvent c'est la nuit qu'elle fait mal.* Il scruta les mots l'un après l'autre, puis essaya de creuser le sens général. Il se répétait : « Qu'est-ce qui fait souvent mal la nuit ? Une pensée désagréable qu'on oublie dans la journée et qui reparaît durant les heures d'insomnie ? Une douleur physique ? Oui, ce serait plutôt cela. Mais quelle douleur physique ? »

Hannibal avait une santé éclatante. Pas une maladie. Jamais le moindre malaise. Bien sûr, il lui arrivait d'avoir une petite migraine et aussi, après un match de football, une crampe passagère au mollet. En somme, dix fois rien... Sauf... et ce fut comme une illumination ! Une nuit, deux ans plus tôt, il avait été réveillé par une douleur semblable à un coup de canif dans la mâchoire : une molaire cariée qui révélait ainsi son existence. Hannibal avait cru en perdre la tête. Oh ! il n'avait rien oublié. Ces choses-là ne s'effacent jamais de la mémoire.

« Ce qui souvent fait mal la nuit, c'est la dent ! »

Et il écrivit « dent » sur sa feuille de papier. Les deux mots formaient « une dent ».

« Ça ne signifie pas encore grand-chose, murmura Hannibal. Mais c'est un début. »

Il se jeta comme un affamé sur la troisième ligne du message... et s'aperçut qu'elle formait corps avec la quatrième :

C'est la seule où ronronne... Quoi ?
L'orgue ? Le chat ? Le glissement des années ?

« Ça alors ! maugréa-t-il. Me voilà en plein cirage ! »

Il examina chaque mot, chaque groupe de mots, essaya différentes combinaisons. Puis il regarda les deux lignes en rejetant la tête en arrière, en prenant quelque distance, comme on fait pour tenter de percer le sens d'un tableau abstrait.

Mais aucune lumière ne s'allumait dans son esprit.

« La seule quoi ? Et puis comment peut-on dire que le glissement des années ronronne de la même façon que le chat ou l'orgue... quand on en joue en sourdine naturellement ? Qu'est-ce que c'est que ce glissement des années qui ronronne dans la seule... Dans la seule quoi ? » répéta-t-il en frappant du pied avec impatience.

A ce moment, s'il avait tenu Théodule Tick à sa merci, il lui aurait fait passer un mauvais quart d'heure.

Il se ressaisit pourtant et se pencha sur les deux lignes suivantes, qui elles aussi se tenaient :

Ce gamin aurait bien besoin
D'une pièce à sa culotte.

Il faillit alors céder au découragement. Depuis le début du message, il n'avait en somme trouvé que deux mots : Une dent. Maigre moisson !

Hannibal savait qu'il ne fallait pas prendre à la

lettre un texte dû à l'excentrique Théodule Tick. Par exemple, cette ridicule histoire de pièce à une culotte... Etait-ce le mot culotte qu'il fallait retenir ou le mot gamin ? Tout était possible. A moins que le mot pièce pris dans un autre sens...

Hannibal se décida, plus par intuition que par raisonnement. Il nota « pièce » et s'attaqua à la dernière ligne du message :

Pas avant août.

Il commençait à se familiariser avec les astuces de Théodule Tick.

« Quel est celui de ces trois mots que je vais noter ? se demanda-t-il. Pas ? Avant ? Août ? »

Pas et avant ne lui disaient rien qui vaille. Restait août...

« Pourquoi, réfléchit-il, ne serait-ce pas tout bonnement l'adverbe où ? En tout cas, ce serait bien dans la manière de Théodule ! »

Il nota donc « où » et relut les mots qu'il venait d'aligner sur la feuille de papier :

« Une dent où... »

Il les regarda et fut repris par un découragement profond : « Je ne m'en tirerai pas ! Je perds mon temps. J'ai eu tort de croire que je pouvais me passer de Bob et de Peter. J'aurais mieux fait d'attendre demain... »

Mais quelque chose en lui refusait la défaite. Il reprit un peu espoir en se souvenant qu'il n'avait pas encore poussé à fond l'examen du message. N'avait-il pas jeté un regard bien superficiel à plusieurs lignes qui semblaient trop compliquées ?

Par exemple, la troisième et la quatrième, la cinquième et la sixième...

Il se pencha de nouveau sur la troisième et la quatrième :

C'est la seule où ronronne... Quoi ?
L'orgue ? Le chat ? Le glissement des années ?

Il eut tout à coup l'impression que quelque chose résonnait dans sa tête... un souvenir, mais proche et frais encore. Il chercha, se posa une question : « Dans quoi tout cela peut-il résonner ? » Brusquement, il comprit : dans une salle, une chambre, une pièce... avec un sens bien différent de la pièce dont le gamin avait besoin à sa culotte ! Et pourquoi pas une « seule » pièce ? Il nota en hâte ces deux mots et les ajouta aux précédents : Une dent où seule pièce.

« C'est toujours aussi stupide ! » murmura Hannibal.

Néanmoins, il ne songeait plus à lâcher prise. Une intuition lui disait qu'il progressait et qu'il finirait bien par déjouer tous les pièges du diabolique Théodule.

« Il y a sûrement encore autre chose dans ces deux lignes », se dit-il.

Il pesa chaque terme de la deuxième : L'orgue ? Le chat ? Le glissement des années ?

Il raisonna :

« Le chat ? Evidemment, il ronronne. Mais c'est si banal ! L'orgue ? En sourdine. on arrive à lui faire produire une sorte de ronronnement... mais dans une église, sûrement pas dans une pièce comme celle dont il est question ici. Reste le glissement des années...

Il se répéta :

« Glissement des années... Les années sont faites de mois, d'heures, de minutes... Mais c'est le temps, tout simplement ! »

Il griffonna sur la liste, à la suite des autres mots : le temps. Cela donnait : Une dent où seule pièce le temps.

« Il manque un verbe, remarqua-t-il. Il n'y en a qu'un dans ces deux lignes : ronronne. »

Il nota encore : ronronne, et lut à haute voix :

« Une dent où seule pièce le temps ronronne... Il faudrait construire. Quel fouillis ! »

Il serra sa tête dans ses mains. Un détail, d'abord, lui apparut : le mot « dent ».

« Encore un piège de Théodule ! Un mot sans doute pour un autre. Si je remplaçais « dent » par « dans » ? »

Il opéra le remplacement sans le moindre retard. Alors les choses se précipitèrent. En moins d'une minute, il trouva ce qui lui paraissait la solution :

Dans une seule pièce où ronronne le temps.

Il ajouta cette solution à celle du premier message :

Je vous suggère de voir le livre.
Dans une seule pièce où ronronne le temps.

« Ouf ! soupira-t-il. Je crois que ça tient debout. La pièce en question, c'est celle où ronronnent les réveils, les pendulettes et les fameuses pendules de Théodule Tick ! Quant au livre, on essaiera de comprendre plus tard. Le problème est-il résolu... en admettant que je n'aie pas commis une grosse erreur ? Il y a encore le message chiffré. »

Il prit dans le tiroir de la table le message remis par Mme Martha Harris – ou plutôt ce qui restait de ce message. Il examina la première ligne de chiffres :

3-27 4-36 5-19 48-12 7-11 15-9

Ces chiffres lui semblaient moins mystérieux qu'auparavant, pour cette simple raison que le premier message faisait allusion à certain livre. Sans doute s'agissait-il d'un code assez classique. En principe, les chiffres correspondent à des mots et à des numéros de pages. Mais, pour s'y retrouver, il faut que l'expéditeur du message chiffré et le destinataire possèdent chacun un exemplaire du même ouvrage.

Malheureusement, Hannibal n'avait pas cet exemplaire, et ne détenait que la moitié à peu près du message chiffré !

« Demain, il fera jour, se dit-il. Après tout, je n'ai pas mal travaillé. »

Il replaça tous les papiers dans le tiroir de la table et s'apprêta à quitter le P.C. Il éteignit la lampe et souleva la trappe donnant accès au Tunnel numéro 2. Juste à cet instant, le téléphone sonna. Après un sursaut d'étonnement, Hannibal laissa retomber la trappe, ralluma la lampe et décrocha l'appareil :

« Ici, les Trois jeunes détectives.

– Hannibal ! cria à l'autre bout du fil un Bob dont la voix semblait trembler de frayeur. Hannibal, j'ai des ennuis, des ennuis graves. J'ai besoin de toi. Viens vite ! »

Chapitre 15

Le piège

Bob avait hâte de rentrer chez lui. Il pédalait ferme. Comment aurait-il soupçonné qu'une camionnette le suivait ? Puis, brusquement, à un endroit où il n'y avait pas de maisons, la camionnette le dépassa et stoppa juste devant lui. Un garçon apparemment très jeune sauta sur le sol et appela :

« Bob. »

Surpris, Bob serra ses freins. Il reconnut Harry. Celui-ci avait l'air bouleversé. Bob descendit de son vélo et s'avança :

« Qu'y a-t-il, Harry ? Qu'est-ce qu'il se passe ? »

La porte de derrière de la camionnette s'ouvrit. Un petit homme maigre se laissa tomber sur la chaussée et grommela d'un ton menaçant :

Surpris, Bob serra ses freins...

« Il se passe que ça va barder si tu ne te montres pas obéissant ! Et n'essaie pas de nous fausser compagnie ! »

Harry semblait au bord des larmes :

« Pardonne-moi, Bob. C'est eux qui ont voulu que je t'arrête. Ils ont enfermé maman à clef dans notre maison.

– Ne perdons pas de temps en explications ! déclara de sa voix sèche le petit homme. Toi, passe-moi ton vélo et grimpe dans la camionnette. Allons, vite ! »

Bob jeta un coup d'œil autour de lui. Pas un chat, personne à qui demander de l'aide. Prendre la fuite ? Il aurait fallu être très rapide, et Bob n'était pas un coureur de cent mètres.

Le petit homme saisit la bicyclette et donna à Bob une bourrade impatiente :

« Alors, tu te décides ? Toi, Harry, monte avec lui ! »

Bob fut bien obligé d'obéir. Harry le suivit. Le petit homme poussa la bicyclette à l'intérieur du véhicule, claqua la porte et la verrouilla. Bob et Harry étaient prisonniers dans la camionnette.

« Ils m'ont juré qu'ils ne nous feraient pas de mal, dit Harry à mi-voix. Ils ne veulent rien d'autre que des renseignements. Oui, au sujet des messages et du réveil. Comme je n'avais pas grand-chose à leur apprendre, ils ont décidé de mettre le grappin sur l'un de vous trois. Ils ont surveillé le dépôt de bric-à-brac. C'est sur toi qu'ils ont jeté leur dévolu.

– Mais, Harry, qui sont ces hommes ? demanda Bob tandis que la camionnette démarrait et roulait vers une destination inconnue.

– Il y a M. Jitters et deux autres, un grand nommé Carlos et le petit auquel tu viens d'avoir affaire. Son prénom est Gérald. Il aurait été jockey.

– Carlos et Gérald ! s'exclama Bob. Ce sont eux que Peter et Babal ont vus hier après-midi.

Ce Carlos et ce Gérald leur ont arraché la moitié du message chiffré.

– Oui, et c'est ce qui les ennuie. Ils veulent connaître le sens du message. Si j'ai bien compris, ils sont à la recherche d'une chose qui semble très précieuse. Ils paraissent résolus à s'en emparer. Ils sont persuadés que nous sommes en possession d'un indice qui devrait nous permettre de savoir où cette chose est cachée.

– Il est possible que nous possédions l'indice en question, dit Bob. Mais nous ignorons où la chose est cachée. Ce qui est vrai, c'est que Babal est convaincu qu'il y a là-dedans une histoire de trésor.

– Au début de l'après-midi, reprit Harry, Carlos et Gérald sont venus voir M. Jitters. Ils ont longtemps discuté. Puis ils se sont saisis de moi et m'ont contraint de parler. Je suis désolé, Bob, mais je n'ai pas pu faire autrement. Ce sont des sauvages. Ils m'ont dit : « Si tu ne nous révèles « pas tout ce que tu sais, nous nous vengerons « sur ta mère. »

– Ne te reproche rien, Harry. A ta place, n'importe qui aurait parlé. Pour en revenir à ta mère, ils l'ont enfermée, n'est-ce pas ?

– Oui, dans la maison de M. Hadley ou, si tu préfères, de M. Tick. Quand ils parlent entre eux, ils disent Tick ou Théodule, ou Théodule Tick. Pendant qu'ils bavardaient, j'ai tendu l'oreille. Ainsi, j'ai appris que, depuis qu'il vit chez nous, M. Jitters n'a cessé de sonder les murs, dans l'espoir de découvrir une cachette. Bob, je t'en prie, promets-moi de leur dire tout ce que tu sais. Alors, ils nous rendront la liberté et n'auront plus la moindre raison de se venger sur maman.

– Il n'y a qu'un inconvénient, Harry : je ne sais rien. Bien sûr, nous avons trouvé le sens de l'un des messages. Il est question d'un livre qu'il faudrait consulter. Mais quel livre ? Voilà où nous en sommes !

– Ils vont être furieux ! Ils croient que vous tenez d'ores et déjà la clef des différents messages. Ils se sont renseignés. Ils estiment que les Trois jeunes détectives sont particulièrement astucieux. »

Bob soupira :

« Le seul vraiment astucieux est Babal. Si je réussis à les convaincre que je ne sais rien, ils nous laisseront peut-être partir. Pourquoi nous garderaient-ils ? Ça ne leur servirait plus à grand-chose. »

Après ce dialogue qui se terminait sur une note d'espoir, Bob et Harry restèrent silencieux. La camionnette roulait, prenait virage sur virage. Dans quelle direction allait-elle ? Il était presque impossible de s'en faire une idée. A la fin, après un voyage qui parut interminable, le véhicule s'arrêta. Il y eut le fracas caractéristique d'un rideau métallique qu'on relevait. La camionnette s'avança de deux ou trois mètres, puis, de nouveau, s'arrêta. Le rideau, avec le même fracas, fut abaissé. Le petit homme nommé Gérald déverrouilla la porte arrière et ordonna :

« Descendez, vous deux. Et tâchez d'être raisonnables, si vous ne voulez pas qu'il vous en cuise ! »

Bob descendit le premier. Harry l'imita. Les deux garçons se trouvaient debout, sur un sol de ciment. Un regard autour d'eux leur permit de se rendre compte qu'ils étaient dans un vaste garage dont toutes les issues, portes et fenêtres, semblaient hermétiquement closes. Il n'y avait au plafond qu'une seule lampe électrique nue. Pas d'autre véhicule que la camionnette. Un atelier occupait l'un des côtés du local. Cet atelier se composait d'un établi sur lequel on apercevait quelques outils et une lampe à souder.

Plusieurs chaises étaient disposées près de l'établi. Gérald les montra aux deux jeunes « visiteurs » et leur dit avec un vilain sourire :

« Allez vous asseoir. Et faites comme chez vous. »

Après une hésitation, Bob et Harry s'exécutèrent. A ce moment, M. Jitters surgit de derrière la camionnette. Il avait l'air plus antipathique que jamais dans la lumière crue de la lampe électrique. L'élégant Carlos le suivait.

« Attachez-les solidement, dit M. Jitters à Gérald et à Carlos. Ça les incitera à parler. »

Bob et Harry eurent un sursaut de défense. Mais déjà Gérald et Carlos se jetaient sur eux, les contraignaient à se rasseoir. En quelques secondes, ils leur passèrent autour de la poitrine des cordes qu'ils nouèrent derrière les dossiers des chaises. M. Jitters prit pour lui-même une autre chaise, alluma un cigare et demanda à Bob en lui envoyant une bouffée de fumée au visage :

« Je suppose qu'Harry vous a dit ce que nous voulons ? »

Bob répliqua :

« Vous voulez connaître le sens des messages. Mais si vous vous imaginez que...

– Silence ! grommela M. Jitters. Grâce à ces messages, nous devrions pouvoir découvrir certaine cachette... Nous n'ignorons rien de ce que vous avez fait. Le réveil hurleur vous a permis de retrouver la piste de Théodule Tick et de Rex. Puis, chez d'autres personnes, vous avez obtenu les messages que Théodule Tick leur avait envoyés. Maintenant, comme vous venez vous-même de le dire, nous voulons connaître le sens des messages. »

Carlos intervint :

« Personnellement, j'aimerais qu'on m'explique pourquoi Théodule Tick a envoyé le réveil hurleur à Rex, puis des messages à droite et à gauche. C'est ridicule. Qu'est-ce qu'il mijotait ? »

Gérald prit la parole :

« Lui seul pourrait le dire. Je connais bien Théodule. C'est un esprit plutôt biscornu. Il a toujours eu la manie de faire des plans, puis de laisser à d'autres le soin de les exécuter... et de prendre tous les risques ! Nous ne saurons ce qu'il avait derrière la tête que lorsque nous l'aurons retrouvé. Mais il a disparu sans laisser de traces.

– Gérald a raison, dit M. Jitters. Ne perdons pas de temps à essayer de deviner ce que Théodule avait encore inventé. Occupons-nous plutôt de retrouver le magot. »

Et se retournant vers Bob :

« Maintenant, soyons sérieux. Que signifient les messages ? »

Bob avait prévu cette question. « Qu'est-ce que je fais ? se demandait-il. Je l'envoie promener ? Et si je lui racontais n'importe quoi ? Mais à quoi bon ? Il sentira bien que je mens. D'autre part, je n'ai pas grand-chose à lui apprendre. Il sera bien avancé lorsqu'il connaîtra le contenu du premier message ! L'essentiel est de gagner du temps... »

Bob répéta :

« Les messages ? Voilà le sens du premier... autant que je m'en souvienne : Je vous conseille de voir le livre. C'est tout. »

M. Jitters marmonna :

« Je vous conseille de voir le livre... Quel livre ?

– Ça, le message ne le dit pas. »

M. Jitters commençait à donner des signes d'impatience :

« Et le deuxième ? »

Bob eut un sourire narquois :

« Le deuxième ? Nous n'y avons pas encore travaillé. Nous devions nous y mettre demain. Ce soir, nous étions trop fatigués. »

M. Jitters leva un index menaçant :

« Attention ! Ne t'avise pas de te moquer de moi. Alors, le sens du deuxième message ?

– Je vous répète que je l'ignore ! Nous ne nous en sommes pas encore occupés. Nous devions le faire demain matin.

– Il dit peut-être la vérité, suggéra Carlos.

– Peut-être, admit M. Jitters les sourcils froncés. Puisqu'il en est ainsi, petit, parlons un peu du troisième message, chiffré celui-là. J'en ai un morceau, celui que Carlos a chipé à ton camarade, le nommé Hannibal. »

Il tira de sa poche un morceau de papier et l'agita sous le nez de Bob :

« Que signifient ces chiffres ? »

Une fois encore, Bob dut répondre :

« Je n'en sais rien. Hannibal lui-même n'en a pas la moindre idée. »

M. Jitters avait la mine d'un homme qui a du mal à se dominer. Cependant, il lui fallait bien se rendre à l'évidence : Bob ne mentait pas. C'était aussi ce que semblaient penser Carlos et Gérald.

« Nous aurions peut-être dû attendre, dit Carlos. Mais, si nous avions été plus patients, ces gamins, avec leur manie de fourrer leur nez partout, auraient conduit la police à la cachette. Et nous aurions été réduits à l'impuissance. Alors, maintenant, que faisons-nous ?

M. Jitters grommela :

« Il nous faut les autres messages. Si ces garçons sont capables d'en découvrir la clef, nous pouvons en faire autant. Donc, première chose : entrer en possession des messages. Après, tout ira comme sur des roulettes. »

Il s'adressa à Bob :

« Qui détient les messages ?

– Hannibal. Mais il doit être couché depuis longtemps. »

Immédiatement, Bob se rendit compte qu'il avait lancé cette réponse trop vite. En effet, M. Jitters reprit avec une expression glacée :

« Eh bien, il va falloir qu'il se lève. Il me vient une idée. Les messages, Hannibal va nous les apporter lui-même et nous les résoudrons ensemble ! »

Carlos ne cacha pas son étonnement :

« Il viendrait ici ? Ça me semble douteux.

– Il aime bien son camarade, n'est-ce pas ? ajouta M. Jitters en montrant Bob. Il ne voudrait pas qu'il lui arrive du mal. Bref, je suis sûr qu'il nous apportera les messages. Qu'est-ce que tu en penses, petit ? »

Bob était furieux contre lui-même :

« Je... je n'en sais rien. »

Il avait cru faire pour le mieux et voilà que, par sa faute, Hannibal allait être lui aussi attiré dans ce piège !

« Mais si, il viendra, continua M. Jitters. D'abord, nous devons être sûrs que tes parents ne seront pas inquiets à ton sujet. Tu vas leur téléphoner pour leur dire que tu passes la nuit chez Hannibal. Puis tu téléphoneras à Hannibal lui-

« Maintenant, petit, qu'est-ce que tu préfères ? »

même et tu lui diras : « Si tu veux me revoir « vivant, obéis. Et pas un mot à qui que ce soit. »

M. Jitters fit un signe à Gérald :

« Passe-lui le téléphone. »

Bob protesta :

« Je ne téléphonerai à personne ! Je vous ai tout dit ! Et... et... »

Il hésita avant de conclure :

« Et ça suffit comme ça ! »

De nouveau, M. Jitters montra l'établi :

« Gérald, allume la lampe à souder et donne-la-moi. »

Le petit homme s'exécuta. Peu après, M. Jitters tenait dans sa main la lampe d'où s'échappait une brillante flamme jaune. Il approcha cette flamme. Bob en sentit la chaleur sur son visage et dut fermer les yeux pour ne pas être ébloui.

M. Jitters lui demanda d'une voix doucereuse :

« Maintenant, petit, qu'est-ce que tu préfères ? Téléphoner ? Ou que je te fasse une coupe de cheveux à la lampe à souder ? Tu as cinq secondes pour te décider. »

Chapitre 16

Une rencontre inattendue

Dans le téléphone du P.C., la voix de Bob se faisait de plus en plus pressante :

« Babal, j'ai besoin de toi. Des ennuis, oui, des ennuis graves. Viens vite ! »

Après une seconde de stupeur, Hannibal demanda :

« Qu'est-ce qu'il se passe, Bob ?

– Je suis prisonnier de Carlos, de Gérald et de M. Jitters. Harry aussi, d'ailleurs. »

Lorsqu'il eut raconté avec précision son aventure, il termina par ces mots :

« Ils m'ont obligé à téléphoner à papa et maman pour leur dire que je restais chez toi cette nuit. Maintenant, M. Jitters croit que tu peux demander à ton oncle et à ta tante la permission de venir me voir, et t'esquiver sans que personne soupçonne quoi que ce soit. M. Jitters ajoute que, si tu n'apportes pas les messages et si tu ne gardes pas le secret, il se vengera sur nous. En revanche, si tu remplis ces conditions, il donne sa parole qu'il nous rendra la liberté dès qu'il aura obtenu satisfaction sur toute la ligne. Alors, Babal, ton opinion ? A ta place, il me semble que j'alerterais la police et que... »

Il y eut le bruit d'une gifle, suivi d'une exclamation poussée par Bob. Puis Hannibal entendit la voix de M. Jitters :

« Tu as compris, Hannibal, ce que t'a dit ton ami ? Si tu tiens à le revoir... en bon état, fais ce qu'on te demande. Tu vas mettre les messages dans ta poche et, dans exactement une demi-heure, tu te placeras devant le *Paradis de la Brocante.* Là, tu attendras. Je vais t'envoyer une camionnette. Mais motus, n'est-ce pas ? C'est à cette seule condition que tu t'en tireras sans dommage. »

Hannibal avait bien envie de riposter par une insolence. Puis il réfléchit : « Bob et Harry sont en danger. Si je veux les tirer d'affaire, mieux vaut me montrer souple.

« Très bien, monsieur Jitters, répondit-il. J'attendrai votre camionnette.

– Je te le conseille », conclut M. Jitters d'un ton sec.

Hannibal, tout songeur, raccrocha. Il était tenté

d'appeler Peter. « A quoi bon ? se dit-il. Ce n'est pas vraiment nécessaire. » Il se fit encore cette réflexion : « M. Jitters ne plaisante pas, c'est évident. Si je lui remets les messages, il aura ce qu'il veut, sans être beaucoup plus avancé... et il nous rendra peut-être la liberté. »

Hannibal mit donc, dans la poche de sa chemise, non seulement les deux messages dont il avait trouvé le sens, mais aussi le message chiffré – et déchiré. Après quoi, à tout hasard, il griffonna sur un bout de papier qu'il laissa bien en évidence sur la table : « Cherchez-nous dans la pièce aux pendules. » Il avait la conviction que cette pièce était le centre même du mystère.

Ensuite, il sortit par le Tunnel numéro 2 et se dirigea vers la Porte Verte numéro 1. Il venait juste de l'atteindre, lorsqu'une ombre se détacha d'un tas de vieilleries et marcha dans sa direction. Hannibal avait des réflexes rapides. Il se jeta sur la porte, pour l'ouvrir et prendre la fuite. Mais il ne fut pas assez prompt. Un bras vigoureux s'enroula autour de sa poitrine, une main se plaqua sur sa bouche, lui coupant le souffle, tandis qu'une voix lui murmurait à l'oreille d'un ton railleur :

« Eh bien, on se retrouve ! Et, cette fois, je crois bien que c'est moi qui ai l'avantage. »

Cette voix avait un léger accent français. Hannibal reconnut sur-le-champ son agresseur.

« Monsieur Huganay ! » murmura-t-il !

En effet, c'était Huganay*, le voleur international d'objets d'art ! Les Trois jeunes détectives avaient naguère rencontré cet Européen intelligent, débonnaire. Hannibal n'était pas près de l'oublier. Il se souvenait encore avec un frisson du vieux cimetière baigné de brouillard où Huganay les avait capturés, Peter et lui.

« Je constate que vous avez bonne mémoire, dit Huganay toujours à voix basse. Vous savez donc que je ne suis pas de ceux qui parlent à la légère. Si je vous lâche, resterez-vous tranquille ? Je veux bavarder un moment avec vous. Je déteste menacer. Sachez cependant que, si vous faites seulement mine de vouloir appeler au secours, je saurai bien vous imposer silence. »

Pour montrer qu'il acceptait ces conditions, Hannibal dut se contenter d'incliner la tête. Apparemment satisfait, Huganay enleva celle de ses mains qui coupait le souffle à Hannibal. Celui-ci, grâce à la faible lumière nocturne, put constater que l'homme esquissait un sourire.

« Vous paraissez surpris de me revoir, murmura Huganay. Vous auriez dû deviner que, quand il est question de toiles volées représentant cinq cent mille dollars, je ne suis jamais bien loin.

– Des toiles volées ! s'exclama Hannibal. C'est ça que vous cherchez ? »

* Voir, du même auteur, dans la même collection, *Le Perroquet qui bégayait.*

Ce fut au tour d'Huganay de se montrer étonné :

« Vous ne le saviez pas ? Cinq toiles magnifiques valant au total un demi-million de dollars, volées il y a deux ans et introuvables depuis lors. Voilà ce que je cherche. Vous auriez dû être au courant. Sinon, pourquoi vous donner tout ce mal ?

– Nous faisions une enquête dont le point de départ est un réveil hurleur, expliqua Hannibal. Elle nous a conduits à quelques indices. J'ai cru deviner que, derrière ces indices, quelque chose

« Vous paraissez surpris de me revoir », murmura Huganay.

de précieux se cachait. Mais quoi ? Je n'en avais pas la moindre idée.

– Ah ! oui, le réveil ! fit Huganay. Je me suis demandé ce qu'il contenait. Je l'ai complètement démonté...

– C'est donc vous qui l'avez volé ? Et c'est vous qui, hier, avez poursuivi Bob et Harry ?

– C'est moi, en effet, répondit Huganay. J'ai aussi chargé des hommes de vous surveiller. Mais ces imbéciles se sont laissé semer par vous. J'ai pris le réveil quand le policier a si obligeamment conduit au commissariat vos amis et que ceux-ci l'ont oublié dehors, dans la voiture. Comme je vous l'ai dit, je l'ai démonté. J'espérais dénicher à l'intérieur... je ne sais quoi... peut-être une indication. Mais rien. Maintenant, il faut que je sache ce que contiennent les messages que votre organisation, fort ingénieuse je le reconnais, a réussi à se procurer. »

Hannibal sentait se réveiller sa hardiesse :

« Pourquoi vous le dirais-je ? Si je me mets à hurler, Hans et Conrad, les employés de mon oncle, seront ici dans une minute et ils vous hacheront en petits morceaux ! »

Huganay eut un rire étouffé :

« J'aime qu'un garçon ait du caractère. Cependant, je vais vous montrer pourquoi vous auriez tort d'être imprudent. Je ne suis pas seul et... Mais à quoi bon vous menacer ? J'ai quelque chose à vous offrir en échange de votre coopération. Aidez-moi, et je vous aide.

– M'aider ? Comment ?

– Chez Théodule Tick, vous avez fait la connaissance d'un jeune homme nommé Harry. Son père est en prison. Je vais vous fournir les moyens de prouver son innocence. Je prends les tableaux... et vous obtenez la libération d'un innocent. Tout de même, vous ne refuseriez pas cette combinaison ? »

Hannibal s'appliqua à réfléchir aussi vite que possible. Puis il accepta d'un mouvement de tête :

« D'accord. Si vous faites ça, je vous aide. Cependant, j'attends encore de vous un autre service.

– Vous, je vous soupçonne d'être un peu trop futé ! De quel service s'agit-il ? »

Hannibal lui décrivit la situation dans laquelle se trouvaient Bob et Harry.

« Dans une demi-heure, ajouta-t-il, une camionnette doit venir me prendre ici et me conduire là où M. Jitters et ses complices les détiennent. »

En apprenant cette nouvelle, Huganay ne cacha pas son mécontentement :

« Ça, c'est très ennuyeux. Je ne croyais pas qu'ils agiraient aussi promptement. Mon plan était de m'emparer des tableaux et de mettre les voiles sans leur laisser le temps d'agir. »

Hannibal était stupéfait :

« Vous les connaissez donc ?

– Et comment ! J'en sais plus long que vous ne le pensez. Il y a quinze jours que je suis dans le coin, furetant à droite et à gauche. J'ai... mes méthodes. Vous vous dites : « Il a dû faire surveil-« ler les conversations téléphoniques secrètes de « M. Jitters et des autres. » Si vous me posez cette question, je ne vous répondrai ni oui ni non. Mais revenons à notre affaire. D'après ce que vous venez de me raconter, il doit y avoir un changement dans les projets de mes adversaires. S'il en est ainsi, il faut absolument leur couper l'herbe sous le pied ! Bon, c'est entendu, je vais vous aider à délivrer vos amis. Ensuite, nous dénicherons les tableaux et, dans vingt-quatre heures exactement, je serai à huit mille kilomètres d'ici. Mais il est important que vous obéissiez aux instructions qui vous ont été données par Jitters. Vous allez attendre la camionnette. Vous monterez et vous vous installerez près du conducteur. Mes hommes et moi, nous vous suivrons, discrètement. Le reste me regarde. Moins vous en saurez, mieux cela vaudra. »

***

Hannibal n'avait d'autre solution que de faire confiance à Huganay. Après avoir ouvert la Porte Verte numéro 1, il sortit et se dirigea vers la maison de son oncle et de sa tante. Au fond de lui-même, il commençait à regretter un peu de s'être lancé dans cette enquête dont le point de départ était le fameux réveil hurleur. Mais il était trop tard pour faire marche arrière. Et puis, Hannibal savait Huganay intelligent et plein de ressources, donc très capable de se montrer plus malin que Jitters, Gérald et Carlos réunis.

Il trouva son oncle et sa tante assis devant leur téléviseur.

« Bob vient de me téléphoner, leur dit-il. Il demande à me voir. »

Dès que son oncle et sa tante l'eurent autorisé, d'ailleurs sans la moindre difficulté, à passer la nuit chez Bob, Hannibal monta dans sa chambre. Il enfila une veste chaude et glissa les messages dans la poche intérieure.

Au rez-de-chaussée, il dit bonsoir à sa tante et à son oncle, puis sortit de la maison pour aller attendre la camionnette devant la porte principale du dépôt de bric-à-brac.

Il vit Huganay s'avancer vers lui. Huganay lui mit la main sur l'épaule et lui parla avec gravité :

« N'oubliez pas que nous travaillons ensemble. Quand la camionnette arrivera, montez et ne vous trahissez pas. Faites en sorte de ne pas leur montrer, par un geste ou un signe, que vous savez que je vous suis. S'ils devenaient méfiants, je compte fermement sur vous pour leur raconter une histoire, bref pour détourner leurs soupçons. Maintenant, je vous quitte. »

Sur ces mots, Huganay disparut dans l'obscurité. Où avait-il laissé sa voiture ? Hannibal la chercha en vain du regard. Peut-être Huganay l'avait-il cachée à l'autre extrémité du dépôt ? Hannibal commença d'attendre. Autour de lui, la nuit était profonde et silencieuse. Il ne put s'empêcher de tressaillir.

Puis, soudain, des phares percèrent l'obscurité. Une camionnette apparut. Un instant, Hannibal se trouva pris dans les faisceaux lumineux. La camionnette s'arrêta, la portière s'ouvrit et Gérald, le petit homme, se pencha à l'extérieur.

« Allons, monte vite, débita-t-il d'une voix rauque. Et, si tu tiens à ta peau et à celle de tes copains, ne fais pas le malin ! »

Chapitre 17

Dans les griffes de l'ennemi

La camionnette repartit aussitôt à bonne allure vers Hollywood. Carlos conduisait. Hannibal était serré entre lui et Gérald.

« Tu as les messages sur toi, j'espère ? demanda Carlos.

– Oui, monsieur, je les ai, répondit Hannibal en s'efforçant de prendre un ton soumis.

– Très bien, grogna Gérald. Parce que, si tu t'étais avisé de... Qu'y a-t-il. Carlos ? »

Carlos regardait fixement son rétroviseur :

« J'ai l'impression qu'on nous suit. Depuis un bon moment, il y a une voiture derrière nous.

– Une voiture derrière nous ! » s'exclama Gérald.

Il empoigna Hannibal :

« Toi, si tu as prévenu la police...

– Non, monsieur, je n'ai pas prévenu la police ! » protesta Hannibal.

Il avait du mal à cacher sa frayeur. « S'ils ont repéré la voiture de M. Huganay, songeait-il, tous nos projets sont à l'eau ! »

« Si ce n'est pas la police, qui est-ce ? insista Carlos. Allons, réponds vite ! Et ne tourne pas autour du pot ! Sinon, j'en déduirai que tu mens. »

Hannibal se hâta d'expliquer :

« En admettant qu'on nous suive, c'est peut-être encore une personne qui veut les messages. Hier, quelqu'un a volé le réveil hurleur. S'il n'a pas été volé par vous, il faut croire que le voleur s'intéresse au réveil. Peut-être surveillait-il ma maison. Dans ce cas, m'ayant vu monter dans votre camionnette, il veut savoir où vous m'emmenez. »

Gérald approuva :

« Mais bien sûr ! Il a raison. Harry a parlé du réveil à Jitters. Nous ne sommes pas seuls à la recherche du magot. Carlos, arrange-toi pour semer les gens qui nous suivent.

– Compte sur moi, répliqua Carlos en fronçant les sourcils. A environ quinze cents mètres d'ici, il y a une autoroute. Je vais la prendre. Et là, je les mets bien au défi de nous suivre ! »

Il continua à la même allure pendant deux minutes. Mais, au voisinage de l'autoroute, il accéléra, puis gravit comme un bolide la rampe d'accès. Quelques secondes plus tard, il se mêlait aux innombrables véhicules qui fonçaient vers Hollywood.

Les autoroutes de Los Angeles et d'Hollywood forment un réseau de chaussées cimentées qui relient ces deux villes à la région environnante. Une foule de voitures le sillonnent toute la journée et une bonne partie la nuit.

Maintenant, la camionnette se trouvait sur une autoroute à six voies, encombrées d'automobiles et de camions qui roulaient à grande vitesse.

Carlos accéléra encore et commença de se faufiler entre les voitures, afin de distancer rapidement les inconnus qui le suivaient et de les laisser en plan dans le formidable fouillis de la circulation. Cependant, estimant sans doute ce manège insuffisant, il l'interrompit brusquement au bout de dix minutes, vira tout à coup à angle droit et descendit la pente d'une rampe de sortie.

Il ne ralentit que lorsqu'il eut atteint une rue. Avec attention, il regarda dans son rétroviseur. Alors il parut satisfait et se détendit.

« Personne n'a emprunté derrière nous la rampe de sortie, dit-il. Si quelqu'un nous suivait, nous l'avons semé. »

Il redémarra à une allure normale. Hannibal faillit céder au découragement. Il avait compté sur Huganay. Mais ce dernier s'était laissé distancer. Dorénavant, il n'y avait rien à espérer de lui.

La camionnette tourna et s'engagea entre deux vieux immeubles. Au fond, il y avait un grand garage double. Carlos appuya une seule fois sur son avertisseur. L'un des rideaux métalliques se souleva. La camionnette entra. Le rideau s'abaissa.

Carlos et Gérald descendirent. Ils durent bousculer un peu Hannibal pour qu'il les imitât. Le nouveau venu vit M. Jitters qui s'apprêtait à les accueillir et, derrière lui, Bob et Harry ficelés sur des chaises.

« Pas d'ennuis ? demanda M. Jitters. Vous vous êtes fait attendre.

– Quelqu'un nous suivait, expliqua Carlos. Nous avons perdu du temps à le semer. Le garçon que nous amenons jure que ce n'est pas la police. C'est peut-être la personne qui a volé hier le réveil hurleur. En tout cas, quelle que soit cette personne, elle doit être en train de se demander ce que nous sommes devenus !

– Parfait », dit M. Jitters.

Quelques instants, d'un regard dur, il dévisagea Hannibal :

« Je suis persuadé que notre jeune ami est trop intelligent pour avoir joué au petit soldat avec nous. Alors, fiston, ces messages, tu me les donnes ? »

Hannibal fouilla dans sa poche et en tira un morceau de papier :

« Voilà le premier. »

M. Jitters prit le morceau de papier et lut :

« Je vous suggère de voir le livre... » Ton ami Bob nous a déjà donné la solution. De quel livre s'agit-il ?

– Je l'ignore.

– Le deuxième message ne le dit pas ?

– Nous ne l'avons pas encore déchiffré. »

M. Jitters regarda Hannibal fixement :

« Tu mens ! »

Hannibal se souvint du raisonnement qu'il s'était tenu : « Si je lui remets les messages, il aura ce qu'il veut, sans être beaucoup avancé... et il nous rendra peut-être la liberté. » Cependant, Jitters n'exigeait pas seulement les messages, mais leur sens... Hannibal pensa : « Impossible d'y échapper. Heureusement, il est probable qu'il ne comprendra pas. »

Il répondit donc :

« Voilà ce que dit le deuxième message : « Dans une seule pièce où ronronne le temps. »

– Je savais bien que tu essayais de me mentir ! ricana M. Jitters. Voyons : Dans une seule pièce où ronronne le temps... Qu'est-ce que ça peut bien signifier ? Mais bien sûr, bien sûr ! C'est enfantin. Il s'agit de la bibliothèque de Théodule. Elle est pleine de pendules, de pendulettes et de réveils électrifiés qui font une sorte de ronron quand ils marchent. Je l'ai suffisamment explorée, cette bibliothèque ! J'ai cherché des panneaux coulissants, des cachettes. Je n'ai rien trouvé, rien. Maintenant, donne-moi ce qui reste du troisième message. J'ai l'autre moitié. »

En même temps, Jitters agitait au bout de ses doigts un fragment de papier déchiré.

Hannibal hésitait à replonger la main dans sa

« Haut les mains ! » ordonna l'un des policiers.

poche, lorsqu'un événement imprévu se produisit. Dans un fracas de verre brisé, les fenêtres, l'une à droite, l'autre à gauche, volèrent en éclats, et les stores furent relevés. Peu après, à chaque fenêtre, apparut un homme vêtu d'un uniforme bleu de policier. Ces hommes sautèrent dans le garage et braquèrent des pistolets de fort calibre sur Carlos, Gérald et M. Jitters.

« Haut les mains ! ordonna l'un des policiers. Vite ! Et pas de faux mouvements !

– La police ! » s'exclama Gérald.

Carlos grommela quelques mots en espagnol, que les trois garçons ne comprirent pas, mais dont ils devinaient aisément le sens.

A son tour, le deuxième policier ordonna : « Haut les mains et ne bougez pas ! Vous êtes tenus en joue de tous les côtés. »

Lentement, Gérald et Carlos levèrent les bras. M. Jitters, lui, recula pas à pas. Bientôt, il se trouva adossé à l'établi. Que faisait-il ? Il palpait l'établi, comme s'il cherchait une arme. Mais le premier policier tourna vers lui son pistolet :

« Vous aussi, haut les mains ! Dites donc, qu'est-ce que vous faites ? Ma parole, il y a quelque chose qui brûle !

– Il a brûlé les messages ! » cria Hannibal.

Dans la flamme de la lampe à souder, plus basse qu'auparavant, M. Jitters avait lancé tous les messages, lesquels n'étaient déjà plus, sur l'établi, qu'un petit tas de cendres.

« Maintenant, vous pouvez toujours essayer de résoudre les énigmes ! ricana M. Jitters.

– Je me souviens des deux premiers messages, dit Hannibal. Mais si le troisième, celui qui est chiffré, a disparu, je ne vois pas comment nous pourrons jamais découvrir ce que M. Tick essayait de nous indiquer. »

M. Jitters éclata de rire :

« C'est à vous qu'il appartient de résoudre ce problème ! »

Il se tourna vers Gérald et Carlos et, changeant d'expression :

« Vous n'êtes, vous deux, que des incapables ! Vous m'avez assuré que vous aviez semé la voiture qui vous suivait. Mais le nommé Hannibal a réussi tout de même à alerter la police... et elle est venue jusqu'ici, dans votre sillage ! »

Comme tout le monde dans le garage, Hannibal ne s'expliquait pas l'irruption des deux policiers. Il protesta :

« C'est faux ! Je n'ai pas alerté la police. »

Le premier policier dit à l'autre :

« Garde-les en joue, Joe. »

Puis il se dirigea à grands pas vers le rideau métallique et le releva. Un homme élégant se dressa sur le seuil. Dès qu'il fut entré, le rideau s'abaissa. L'homme regarda en souriant le groupe formé par Jitters, Gérald et Carlos.

« Mes compliments, dit-il aux policiers. Il me semble que nous avons la situation bien en main. »

Hannibal ouvrait des yeux immenses.

« Monsieur... monsieur Huganay ! » balbutia-t-il.

Chapitre 18

Retour chez Théodule

« Oui, mon garçon, dit Huganay. C'est bien moi, l'incomparable Huganay, celui-là même qui a ridiculisé la police de trois continents ! Vous ne pensiez tout de même pas que j'allais me laisser damer le pion par ces trois empotés ? »

M. Jitters et ses compagnons semblaient avoir reconnu le nouveau venu. La mine assez sombre, ils avaient du mal à maîtriser une certaine nervosité. Cependant, ils attendaient en silence la suite des événements.

« Mais... mais... bredouilla Hannibal, ils vous avaient semé sur l'autoroute. Il est impossible que vous nous ayez suivis !

– J'avais pris mes précautions », répondit Huganay d'un ton léger.

Il s'avança, glissa la main dans l'une des

poches extérieures d'Hannibal et en retira un petit objet plat.

« Ceci, expliqua-t-il, est un minuscule appareil électronique. Je l'ai mis dans votre poche pendant notre dernière conversation. Dans ma voiture, j'ai un récepteur sur la même longueur d'ondes. Il

« Il m'a suffi de suivre le son émis... »

m'a suffi de suivre le son émis par le gadget que vous portiez sur vous. Même sur l'autoroute, dans le tonnerre de la circulation, je n'ai eu aucune peine à l'entendre. Ainsi, j'ai su que la camionnette quittait l'autoroute. Il m'a fallu quelques minutes seulement pour repérer, toujours par le son, le garage. Et, dès que ce fut fait, je me suis tout bonnement contenté d'envoyer sur place mes adjoints.

– Monsieur Huganay ! »

Cette fois, c'était Bob qui parlait. Toujours attaché à une chaise, il n'avait cessé de regarder fixement le voleur d'objets d'art, depuis que celui-ci était entré dans le garage.

« Monsieur Huganay, reprit Bob, hier c'est vous qui nous poursuiviez, n'est-ce pas, et qui avez pris le réveil ? »

Huganay s'inclina :

« Je plaide coupable. Oh ! je n'avais pas de mauvaises intentions. Je voulais seulement... mettons : vous aider dans votre enquête. Mais le moment n'est pas très bien choisi pour bavarder, encore que j'éprouve un vif plaisir à retrouver d'anciennes connaissances. »

Il se tourna vers ses « adjoints » et, montrant Jitters, Carlos et Gérald, puis le poteau d'acier planté au centre du garage et destiné à soutenir le toit :

« Les menottes à ces trois-là, mais de façon à ce qu'ils ne puissent pas bouger. »

Sous la menace des pistolets, les trois complices

durent reculer jusqu'au poteau. Puis l'un des policiers, tandis que l'autre gardait son arme braquée, passa les menottes : le poignet droit de chaque prisonnier fut relié au poignet gauche de son voisin, de sorte que, bientôt, Jitters, Gérald et Carlos formèrent un cercle autour du poteau et se trouvèrent presque dans l'incapacité de bouger.

« Parfait, dit Huganay. Maintenant, il est temps que nous nous occupions de nos affaires.

– Un instant, Huganay ! »

C'était Jitters qui parlait, et il s'efforçait de prendre un ton amical.

« Pourquoi ne pas collaborer ? demanda-t-il. En joignant nos efforts, il est probable que nous trouverions bien plus vite le magot.

– Tout ce que vous savez, je le sais déjà, répliqua Huganay avec insouciance. Vous avez essayé de me doubler, comme on dit dans le métier. Et cela, ça se paie ! De toute façon, comme vous pouvez le constater, je travaille maintenant avec la police. »

Et, s'adressant aux policiers :

« Détachez les garçons. Nous allons nous rendre sans plus tarder chez Théodule Tick. »

Une minute plus tard, une vaste conduite intérieure noire roulait à une allure modérée par les rues d'Hollywood. Elle transportait Huganay et les deux policiers, mais aussi Hannibal, Bob et Harry.

Huganay eut un petit rire étouffé. Il dit à Hannibal qui était assis près de lui :

« Vous pensiez ne jamais me revoir, n'est-ce pas ?

– C'est vrai, monsieur, répondit Hannibal. Surtout quand j'ai vu des policiers entrer par les fenêtres du garage... Il ne me serait pas venu à l'esprit que vous pouviez travailler avec la police. »

Huganay eut le même rire étouffé :

« La police ? Je me suis contenté de louer aujourd'hui même deux uniformes dans un magasin de travestis et hop ! mes adjoints ont été transformés en policiers. Vous savez, il ne faut pas se fier aux apparences. »

Hannibal était stupéfait. Il avait été trompé, comme Jitters et ses complices. Il aurait voulu ne pas admirer Huganay. Mais comment faire autrement ?

Il annonça à Harry qui était serré entre lui et Bob :

« Nous collaborons dorénavant avec M. Huganay. J'ai accepté à la condition qu'il mette tout en œuvre pour que vous retrouviez la liberté, Bob et toi. Il a tenu parole. Mais il m'a aussi promis de prouver que ton père est innocent.

– Vraiment ! s'exclama Harry. Ce serait formidable !

– Rien de plus simple, intervint Huganay. Mais il faut d'abord que je vous mette au courant de certains détails. Théodule Tick, l'ancien acteur, était – vous l'avez peut-être déjà deviné – le cerveau d'une bande de voleurs de tableaux qui a opéré durant des années dans la région. Cette bande s'emparait de toiles de valeur chez des vedettes de cinéma qui ne veillaient pas suffisamment sur leurs trésors.

– Mais bien sûr ! fit Bob. C'est pourquoi M. Tick se conduisait de façon si mystérieuse depuis quelque temps. Un voleur ! C'est lui, je le parie, qui avait volé les toiles cachées sous le linoléum, dans la cuisine d'Harry.

– Il ne les avait peut-être pas volées lui-même, observa Huganay tandis que la voiture continuait à rouler. Il avait des complices. Gérald, l'ancien jockey, était l'un d'eux. D'ailleurs, Théodule Tick employait plusieurs jockeys, parce que ce sont des hommes de petite taille, qui entrent facilement dans les maisons par les fenêtres. Il vendait les toiles à de riches collectionneurs sud-américains décidés à ne les montrer à personne. C'était Carlos qui établissait les contacts avec ces collectionneurs. »

Huganay ajouta après un silence :

« Il y a deux ans, Théodule ne put se débarrasser de quelques tableaux. Deux de ses clients sud-américains avaient été emprisonnés à la suite de l'échec d'un complot en vue de renverser leur gouvernement. Que fit Théodule ? Il cacha les toiles et annonça à ses complices qu'il les vendrait plus tard, quand les circonstances le permettraient. Cependant, comme il ne faisait rien et que le temps passait, Gérald et Carlos décidèrent d'agir de leur propre initiative. Ils volèrent trois toiles, les apportèrent à Théodule pour qu'il les vende, puis exigèrent qu'il leur montre les cinq – oui, cinq – qu'il avait cachées. »

Huganay reprit après un nouveau silence :

« Mais la vie est capricieuse et pleine de coïncidences ! Juste à ce moment, la police, qui enquêtait sur le vol d'objets d'art le plus récent, s'intéressa à l'une des personnes qui vivaient dans la maison de Théodule : votre père, Harry. Craignant la curiosité de la police, Théodule cacha les trois toiles volées par Gérald et Carlos à un endroit où les policiers devaient fatalement les trouver, ce qui, tout aussi fatalement, devait entraîner l'inculpation de votre père.

– Quelle trahison ! fit Harry avec une sourde colère. Nous qui le trouvions si gentil, maman et moi !

– Oui, il a trahi votre père, il l'a livré et fait condamner, ajouta Huganay. Peu après, il disparut. Je suppose que Carlos, Gérald, peut-être aussi Jitters, l'accablaient d'exigences croissantes. Théodule n'osait pas tirer de leur cachette les toiles disparues et recherchées. Il partit donc pour l'Amérique du Sud. Où se réfugia-t-il ? Je fus seul à le savoir. J'ai des relations partout, sur toute la surface du globe. Et ne croyez pas que je me vante ! Bref, je l'ai contacté. Je lui ai suggéré de me laisser résoudre le problème de ces fameuses toiles. J'ajoute que je m'étais arrangé pour ne rien ignorer de ses activités. Il repoussa ma proposition. Il était malade, presque à l'agonie. Et puis,

Harry, la pensée de votre père lui donnait des remords. Il envoya le bizarre réveil hurleur et des messages à plusieurs vieux amis, puis il mourut.

– Mais, monsieur Huganay, demanda Bob, pourquoi a-t-il envoyé le réveil et les messages ? Ç'aurait été plus simple pour lui d'envoyer une lettre à la police.

– Théodule Tick était un homme compliqué, répondit Huganay. Il n'a sûrement pas agi sans raison. Et, cette raison, nous la devinerons peut-être quand nous aurons le sens des messages.

– Vous oubliez, rappela Hannibal, que M. Jitters les a détruits. En tout cas, il a brûlé les deux premiers. Il ne reste que la moitié du troisième.

– Je suppose que les deux premiers sont restés gravés dans votre mémoire ? fit Huganay avec un peu d'inquiétude.

– Oui, je m'en souviens, admit Hannibal. Quant au troisième, il est uniquement composé de chiffres. Et, je le répète, je n'en ai que la moitié. Carlos s'est emparé du bas et m'a laissé le haut. Voilà la solution du premier message : « Je vous « suggère de voir le livre. » Voilà la solution du deuxième : « Dans une seule pièce où ronronne le « temps. »

Huganay fronça les sourcils :

« Le livre ? Je me demande de quel livre il peut s'agir. Pour la pièce où ronronne le temps, pas de problème. C'est sûrement celle où fourmillent réveils, pendules, etc. J'ai toujours pensé que notre point de départ serait là. D'ailleurs, nous sommes arrivés. Quand nous serons dans la maison, nous pourrons étudier à fond toutes ces questions. »

La voiture s'arrêta. Tous ses occupants descendirent et se dirigèrent vers la demeure de Théodule Tick. Harry leur ouvrit la porte, les invita à entrer, puis partit à la recherche de sa mère.

« Maman ! Maman ! » appela-t-il.

Il n'obtint pour seule réponse que des coups de poing donnés contre la porte de la cave. Promptement, il la déverrouilla. Mme Smith surgit dans l'encadrement et s'exclama :

« Dieu merci, Harry, te voilà ! Cet affreux M. Jitters et ses amis ! Ils m'ont enfermée après m'avoir dit d'attendre leur retour. Je vois qu'il y a des policiers avec toi. Il faut arrêter tout de suite Jitters et les autres !

– Nous nous sommes déjà occupés d'eux, madame, dit Huganay en s'inclinant. Et, si nous sommes ici, c'est pour régler une affaire qui vous concerne au premier chef.

– Maman, c'est M. Huganay ! intervint Harry. Il assure qu'il peut prouver que papa est innocent.

– Vraiment ? C'est merveilleux !

– Pour cela, madame, reprit Huganay, il faut que nous ayons accès à la bibliothèque de M. Tick ou, si vous préférez, de M. Hadley. Il se peut que nous soyons obligés de causer certains dommages. Ce sera nécessaire pour démontrer

Promptement, il déverrouilla la porte de la cave.

l'innocence de votre mari. Avons-nous votre permission ? »

Mme Smith n'hésita pas une seconde, tant elle était heureuse :

« Naturellement. Tout ce que vous voudrez ! Démolissez la maison, si c'est le seul moyen de rendre la liberté à Ralph !

– Merci madame. Maintenant, je vais vous

prier, ainsi que Bob et Harry, de rester à l'extérieur de la bibliothèque pendant que nous y travaillerons, mes hommes et moi. En outre, ne communiquez avec personne. Si le téléphone sonne, ne décrochez pas. Sommes-nous d'accord ?

– Entièrement. Nous allons, Bob, Harry et moi, nous installer dans la cuisine. Je mangerai un peu. Je n'ai rien mangé depuis ce matin. Agissez donc à votre guise, monsieur Huganay.

– Merci encore, madame. »

Puis, se tournant vers Hannibal, Huganay ajouta :

« Conduisez-nous à la bibliothèque. »

⁂

Pendant ce temps, ignorant tout des aventures auxquelles étaient mêlés Bob et Hannibal, Peter regardait chez lui la télévision en compagnie de son père. M. Crentch, technicien de l'industrie cinématographique, voyageait beaucoup. Il collaborait à des films un peu partout dans le monde.

Peter avait du mal à suivre l'épisode d'un feuilleton policier. Il ne pouvait détacher son esprit du mystère de M. Tick et de son étrange réveil. L'épisode terminé, il demanda à son père :

« As-tu connu Théodule Tick ?

– Certainement. Pas très bien cependant. Mais j'ai eu l'occasion de le rencontrer lors du tournage de deux films d'épouvante. Quel hurleur ! Il vous flanquait la chair de poule. Dans un vieux film, remontant au moins à une vingtaine d'années, il utilisait un truc très intéressant...

– Un truc ? » répéta Peter.

Il prit une pomme chip dans une soucoupe posée sur la table et la croqua. Il adorait les pommes chips.

« Quel genre de truc, papa ? ajouta-t-il la bouche pleine.

– Quoi ? » fit M. Crentch.

Déjà, il regardait le western qui succédait au feuilleton policier. Peter renouvela sa question. Mais M. Crentch, accaparé par le western, lui répondit d'un ton assez vague. Peter, étonné, eut un battement de paupières. « Voilà un détail que Babal ignore ! » songeait-il. C'est peut-être important. Babal, quand il est sur une piste, aime rassembler autant de renseignements que possible. Si je lui téléphonais ? Même si je le réveille, il sera satisfait d'être mis au courant... »

M. Crentch dit tout à coup :

« Il se fait tard. Tu devrais être couché. Allons, monte ! »

– Bonsoir, papa », répondit Peter.

Il se mit au lit sans téléphoner. Rien ne l'empêchait, dès le lendemain matin, de révéler à Hannibal ce qu'il venait d'apprendre.

Chapitre 19

A la guerre comme à la guerre !

Dès qu'il eut pénétré dans la pièce aux pendules, Huganay ne perdit plus une seconde. Il ordonna à ses deux « policiers » d'abaisser les stores et de les attacher solidement. Puis, ayant allumé toutes les lampes, il regarda autour de lui.

« Des centaines de bouquins, murmura-t-il. Trois tableaux, probablement sans valeur. Une grande glace. Des réveils, des pendulettes... douze pendules ! Quelques panneaux lambrissés derrière lesquels il pourrait bien y avoir une cachette. Le premier message suggère de voir un livre. Le deuxième précise : dans une pièce où ronronne le temps. Le troisième... Passez-le-moi. J'aimerais y jeter un coup d'œil. »

Hannibal lui tendit ce qui restait du message :

la partie supérieure. Huganay examina les chiffres avec un froncement de sourcils :

« Manifestement, ils renvoient à certaines pages. Mais de quel livre ?

– Je n'en ai pas la moindre idée, dit Hannibal. Il doit être quelque part dans cette pièce.

– C'est ce que je pense, moi aussi. Cherchons un peu. »

Huganay alla vers la plus proche étagère, prit trois ou quatre livres, les feuilleta, les remit en place d'un geste presque violent :

« Peuh ! Ces bouquins ne nous apportent rien. Ils sont trop nombreux pour qu'on puisse les feuilleter tous. Pourtant, il faut que nous trouvions le sens du message chiffré. Réfléchissez, Hannibal, réfléchissez. Il paraît que vous êtes doué pour ça. »

Hannibal pinça sa lèvre inférieure, pour accélérer le fonctionnement de son cerveau.

« Monsieur Huganay... dit-il à la fin.

– Eh bien ?

– Les messages étaient destinés à Rex, c'est-à-dire à Walter Roy. Il était censé être capable de les comprendre. Dans ce cas, il devrait savoir à quel livre Théodule Tick fait allusion.

– Bien sûr ! Téléphonons-lui et posons-lui la question.

– Malheureusement, il est à l'hôpital. »

Huganay s'assombrit :

« Dommage. Vous n'avez pas une autre idée ?

– Interrogeons sa femme. Elle est peut-être au courant.

– Pas mal, Hannibal, pas mal ! Vite, téléphonez-lui.

– J'aimerais mieux que ce soit Bob, dit Hannibal. Il a déjà eu une conversation avec elle. »

Il entraîna Huganay à la cuisine où Bob buvait une tasse de chocolat en compagnie de Mme Smith et d'Harry.

« Tu as trouvé quelque chose ? demanda Bob.

– Pas encore, répondit Hannibal. Nous avons besoin de ton concours. »

Et il expliqua à Bob ce qu'on attendait de lui. Bob passa dans le couloir, consulta l'annuaire, puis décrocha et forma le numéro. Tout de suite, il reconnut la voix de Mme Roy.

Il lui parla du livre mystérieux auquel Théodule Tick faisait allusion dans l'un des messages.

« Votre mari était probablement au courant, ajouta-t-il. Croyez-vous que vous pourriez nous renseigner sur ce livre ?

– Je le crois, répondit Mme Roy. Il y a bien des années, Théodule Tick écrivit ses souvenirs d'acteur de radio. Mon mari l'aida dans la rédaction. L'ouvrage fut intitulé *La pendule hurle à minuit.* Etes-vous satisfait ?

– Et comment ! s'exclama Bob. Merci, madame. »

Il raccrocha et transmit à Hannibal et à Huganay ce qu'il venait d'apprendre. Huganay et Hannibal se précipitèrent vers la bibliothèque, fermèrent la porte derrière eux. Bob regagna la cuisine. Il ne lui restait plus qu'à attendre la suite des événements.

Après deux minutes de recherches d'étagère en étagère, Huganay saisit un volume.

« Voilà ! annonça-t-il. *La pendule hurle à minuit*, par Théodule Tick. Hannibal, où est le message ?... Merci. Voyons : 3-27... 3 doit être le numéro de la page, 27 désigne sans doute le vingt-septième mot. Allons-y. Je commence les recherches. Vous, Hannibal, vous noterez au fur et à mesure. »

Il feuilleta le livre, s'arrêta à la page 3, compta les mots de un à vingt-sept.

« Ce n'est pas un mot, annonça-t-il, mais deux mots unis par un trait d'union : *Placez-vous.* Je continue. »

Ensuite il alla de plus en plus vite. Dès qu'il prononçait un mot, Hannibal l'écrivait.

Bientôt, Huganay eut épuisé les deux lignes du message.

« Il est bien regrettable que nous n'ayons pas le reste, dit-il. Maintenant, Hannibal, lisez. »

Hannibal s'exécuta :

« *Placez-vous milieu pièce minuit moins cinq. Tenez-vous par main, formez cercle. Silence une minute. A minuit juste...* »

Relevant la tête, Hannibal ajouta :

« C'est tout.

– Mille tonnerres ! s'exclama Huganay. Le texte s'arrête au moment où il allait signifier quelque chose ! *A minuit juste...* Que pourrait-il se passer ? Allez donc savoir ! Vraiment, Théodule Tick était un homme subtil. Impossible de deviner ce qu'il avait dans le crâne ! »

Il soupira :

« Pas d'autre moyen de nous en tirer. Il va falloir démolir cette pièce. Les tableaux sont ici même. Ou alors il faut découvrir quelque chose qui nous conduirait à leur cachette. Ah ! si nous savions avec précision ce que nous cherchons ! Mais, comme nous ne le savons pas, nous allons essayer de nous débrouiller en...

– Un instant, monsieur Huganay ! interrompit Hannibal. Ces tableaux, là, accrochés aux murs, ce sont peut-être les vrais, recouverts d'un barbouillage quelconque.

– Vraiment, je ne le crois pas. Tout de même, nous allons vérifier. »

Huganay décrocha la toile la plus proche, l'examina, gratta la peinture avec son canif.

« Non, pas la moindre valeur, conclut-il. Et maintenant au travail. Pour commencer, nous allons feuilleter tous les autres livres. On ne sait jamais. Ils pourraient contenir un nouvel indice. Ensuite, nous chercherons si, dans les murs et derrière les bibliothèques, il n'y aurait pas des placards ou des panneaux mobiles.

– Monsieur Huganay, j'ai une autre idée !

– Une autre idée, Hannibal ? Votre esprit ronfle comme un moteur ! De quoi s'agit-il cette fois ?

– J'ai l'impression que nous n'avons pas utilisé

Huganay gratta la peinture avec son canif...

à fond le livre intitulé *La pendule hurle à minuit.* Il se pourrait que nous y trouvions le reste du message.

– Comment cela ?

– Quand on se sert d'un livre pour former un message, on fait souvent une marque au crayon sous chaque mot. Il nous suffirait peut-être de voir s'il n'y a pas d'autres mots marqués de cette façon.

– Parfaitement raisonné ! s'exclama Huganay. Faisons immédiatement cette vérification. »

Il reprit *La pendule hurle à minuit,* l'ouvrit à plusieurs endroits :

« Vous aviez raison, Hannibal ! Il y a encore

un certain nombre de mots sous lesquels on voit un minuscule point au crayon. Tenez, prenez le livre. Moi, je noterai. »

Hannibal prit le livre, tourna chaque page lentement. Quand il avait trouvé un mot sous lequel il y avait un point, il l'indiquait à Huganay, lequel le griffonnait sur la feuille de papier. Ce ne fut pas une petite affaire que d'explorer entièrement le livre. Mais Hannibal se passionnait pour ce travail. Il ne s'arrêta pas une seule fois. A la fin, il dit à Huganay :

« Il n'y a plus de points.

– Très bien. Voilà donc, semble-t-il, le message tout entier : « *Placez-vous milieu pièce minuit moins cinq. Tenez-vous par main, formez cercle. Silence une minute. A minuit juste, éclatera sonnerie du réveil hurleur que vous ai envoyé. Forcez au maximum volume. Laissez hurlement continuer jusqu'à ce que ma cachette soit découverte.* »

Huganay regarda Hannibal :

« Selon vous, qu'est-ce que ça signifie ? »

Hannibal fronça les sourcils. Il n'avait jamais rien entendu d'aussi étrange.

« J'ai l'impression, dit-il, que le hurlement pourrait déclencher le mécanisme ouvrant un panneau secret. Quelque chose de ce genre... Il y a des serrures qui ne s'ouvrent que lorsqu'on produit des bruits spéciaux. Quelques-unes même ne s'ouvrent que lorsqu'on parle devant elles. Je pense que la serrure de M. Tick est de ce modèle.

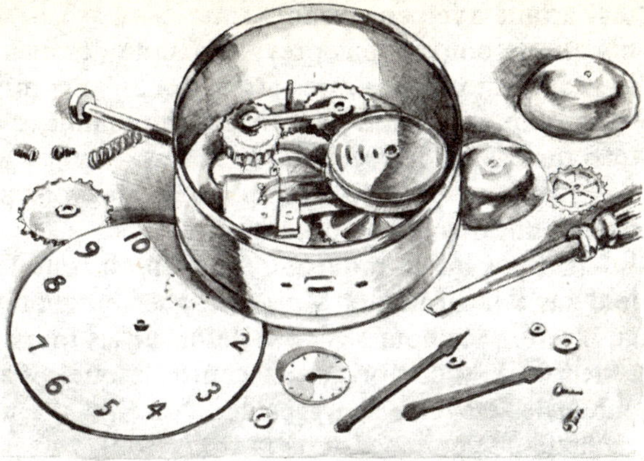

« Le réveil hurleur n'existe plus... »

– Tout à fait d'accord, répondit Huganay. Je suis arrivé à la même conclusion que vous : une serrure diabolique qui fonctionne grâce aux impulsions que lui donnent certains bruits.

– Puisque vous avez le réveil hurleur de M. Tick, reprit Hannibal, nous pouvons faire un essai. Je ne crois pas qu'il soit nécessaire de se tenir par la main, de former le cercle, d'attendre minuit. Ça, c'est du théâtre ! »

Huganay laissa passer quelques secondes avant de prononcer avec lenteur :

« Il y a malheureusement un obstacle : le réveil hurleur n'existe plus. Comme vous le savez, je l'ai démonté, dans l'espoir d'y découvrir un indice. Il ne hurlera plus jamais ! »

Il ajouta avec un soupir :

« Je ne pouvais pas prévoir la suite des événements. C'est une des rares erreurs que j'ai commises au cours de mon existence. Maintenant, c'est trop tard. Plus de réveil.

– Dans ce cas, dit Hannibal, je ne vois pas comment nous allons nous en tirer.

– Il n'y a qu'un moyen. Ce moyen est brutal, et je déteste la brutalité. Mais à la guerre comme à la guerre. Mes hommes vont défoncer les murs de cette pièce, y compris ceux contre lesquels s'appuient les étagères chargées de livres. S'il y a une cachette quelconque, nous la trouverons. »

Huganay fit signe à l'un de ses « policiers » de s'approcher :

« Fred, allez à la voiture et rapportez les outils. Nous avons à travailler ! »

Chapitre 20

Événements stupéfiants

La bibiothèque de Théodule Tick était méconnaissable. On aurait dit qu'une bombe y avait explosé ou qu'un commando y avait commencé la destruction totale de la maison. De ces deux hypothèses, la deuxième était presque la bonne. En effet, les « policiers » de Huganay, armés de ciseaux à froid, de foreuses, de haches et de barres de fer, s'étaient lancés à l'assaut de la pièce.

En premier lieu, ils avaient rassemblé sur une table les douze pendules de Théodule, ainsi que ses réveils et pendulettes. Puis ils avaient pris les livres et les avaient entassés sur le plancher. Ils avaient décroché les tableaux et la grande glace. Ensuite, ils avaient défoncé les murs, méthodiquement, examiné chaque coin et recoin, dans l'espoir d'y découvrir une ouverture. Ils avaient arraché plusieurs étagères. Elles auraient pu dissimuler une porte dérobée, un placard invisible. Ils avaient même percé le plafond... pour ne rencontrer qu'une épaisse couche de plâtre.

Donc, échec sur toute la ligne. Rien qui ressemblât, même de très loin, à une cachette.

Huganay était non seulement déçu, mais furieux.

« Tant d'efforts en vain ! dit-il. Théodule Tick avait sûrement un coin quelconque... mais si bien ménagé que je n'ai pas pu le dénicher. Je ne croyais pas cela possible.

– Faut-il en déduire que vous ne pourrez pas prouver l'innocence du père d'Harry ? demanda Hannibal.

– Sans les toiles volées, il ne peut en être question. Or, vous le constatez vous-même, nous ne les avons pas retrouvées. A moins que vous n'ayez encore une idée... »

Hannibal se mit à pincer sa lèvre inférieure. Et, bientôt, cette idée, il l'eut !

« Monsieur Huganay, il y a ici plusieurs réveils. Mais j'ai l'impression qu'un seul pouvait nous être utile : celui qui était en notre possession. Malheureusement, il a été détruit. Il y a cependant une solution. Son hurlement existe peut-être toujours.

– Son hurlement... Que voulez-vous dire, Hannibal ?

– Eh bien, voilà. Il y a un certain M. Watson. Il possède, sur bandes magnétiques, tous les épi-

Ils avaient défoncé les murs.

sodes du feuilleton qui fut donné jadis à la radio et qui était inspiré par le bouquin de M. Tick, *La pendule hurle à minuit.* Chaque épisode commençait par un hurlement. Peut-être que le hurlement dont nous avons besoin est enregistré sur l'une des bandes magnétiques. Dans ce cas, plus besoin de réveil. Nous empruntons bandes et magnétophone à M. Watson.

– Téléphonez tout de suite à ce Watson ! cria Huganay. Il n'y a plus une minute à perdre. »

Hannibal se précipita dans le couloir, décrocha l'appareil et appela M. Watson. Au début, celui-ci parut étonné. Puis, bientôt, il comprit à quel hurlement Hannibal faisait allusion :

« Mais bien sûr ! Ah ! ce hurlement qui rendit Théodule célèbre, dans un feuilleton vieux aujourd'hui de vingt ans ! Oui, je possède la bande et je sais où elle est classée. Je suis heureux de vous la prêter, ainsi que le magnétophone. Mais j'insiste pour que vous me mettiez plus tard au courant du mystère dont vous vous occupez. »

Hannibal promit, puis, après avoir précisé qu'un homme allait venir chercher la bande et le magnétophone, il raccrocha. Bob, Harry et Mme Smith étaient sortis de la cuisine et avaient suivi la conversation téléphonique. Mais, lorsqu'ils eurent franchi le seuil de la bibliothèque, ils restèrent un instant bouche bée.

« Nom d'un chien, Babal, dit à la fin Bob, vous avez mis cette pièce dans un bel état ! Avez-vous trouvé quelque chose, au moins ?

– Pas encore, admit Hannibal.

– On jurerait que vous voulez détruire la maison ! s'exclama Mme Smith. Je ne vous aurais jamais donné la moindre permission, si j'avais su que vous vouliez faire ce saccage ! »

Huganay lui rappela :

« Nous cherchons la preuve que votre mari est innocent. Mais si vous le désirez, nous pouvons en rester là...

– Oh ! non, non ! protesta Mme Smith. Pour prouver l'innocence de mon mari, faites n'importe quoi, n'importe quoi !

– Nous allons essayer de ne plus rien détruire », conclut Huganay.

Mme Smith parut satisfaite de cette promesse.

En réalité, tous les murs ayant été sondés, il ne restait plus qu'à attendre. Le « policier » nommé Joe était parti en voiture chez M. Watson. Il revint au bout d'un quart d'heure, portant une lourde valise.

« Mission accomplie, annonça-t-il. M. Watson a mis la bande en place. L'appareil est prêt à marcher. »

Huganay se tourna vers Hannibal :

« Vous savez vous servir d'un magnétophone ?

– Bien sûr », répondit Hannibal.

Il ouvrit la valise et brancha la prise de courant.

« Ce qu'il faudrait, conseilla-t-il, c'est que nous remettions la pièce dans l'état où elle était auparavant. Enfin à peu près... Il n'y a qu'à raccrocher les tableaux et la glace. On peut replacer aussi quelques livres sur les étagères. »

Huganay ouvrit la bouche. Allait-il protester ? Mais il se ravisa.

« Allez-y », ordonna-t-il aux « policiers ».

Ceux-ci raccrochèrent glace et tableaux, rangèrent une cinquantaine de livres sur les étagères. Puis ils reculèrent de quatre ou cinq pas.

« Alors, qu'est-ce qu'on attend ? gronda Huganay avec impatience. Nous perdons un temps précieux. Tentons au moins un essai !

– Voilà, monsieur », dit Hannibal.

Pendant que les « policiers » étaient à l'œuvre, il avait mis la bande en mouvement, mais en sourdine. Ainsi, il avait pu repérer l'endroit où se produisait le hurlement. Maintenant, il faisait revenir la bande en arrière.

« Je suis prêt, déclara enfin Hannibal. Que chacun veuille bien se taire. »

Il appuya sur le bouton de démarrage, puis sur celui du son. Après un bref échange de répliques entre un homme et une femme, le hurlement commença, perçant, désespéré, irréel. Il résonnait aux quatre coins de la pièce. Au bout d'une demi-minute environ, il diminua et s'acheva en un gémissement douloureux.

Toutes les personnes présentes attendaient. Une porte secrète allait-elle s'ouvrir ? Un panneau coulissant allait-il se révéler ?

Mais non... rien !

« Je le savais ! cria Huganay. J'avais raison, Hannibal. Dans cette pièce, il n'y a pas une cachette possible pour cinq toiles de valeur. Non, pas une cachette possible !

– Je ne partage pas votre avis, monsieur », répliqua Hannibal avec une animation soudaine.

Il avait remarqué un détail qui avait échappé à ses compagnons. Maintenant, il croyait savoir où étaient cachées les toiles. Il ne lui restait plus qu'à démontrer qu'il ne se trompait pas...

« Faisons un nouvel essai, dit-il. Le son n'était peut-être pas assez fort. »

Il imprima un tour complet au bouton du son

et enroula la bande. Puis il remit le magnétophone en marche.

De nouveau, le hurlement éclata, mais cette fois si fort, si assourdissant, si terrifiant, que chacun dans la pièce dut se boucher les oreilles. Il continuait à monter, monter, devenait d'une acuité presque intolérable.

C'est alors que, brusquement...

La grande glace se fendit en mille morceaux qui tombèrent sur le plancher. Il ne restait plus que le cadre où demeuraient plantés quelques éclats de verre.

Et, dans le cadre, apparaissait une toile aux couleurs éclatantes ! Elle ondula, se plissa, s'abattit aux pieds des personnes présentes. Mais elle n'était pas seule. Il y en avait quatre autres derrière elle, qui avaient été placées avec soin entre le verre et le cadre. Et ces quatre-là s'abattirent à leur tour sur le plancher.

On connaissait enfin le rôle assigné par Théodule Tick à son réveil hurleur dans toute cette affaire !

Indifférent aux débris de verre, Huganay s'avança, saisit la première toile : peinture abstraite qui consistait en tourbillons de couleurs sur fond noir.

« Enfin, s'exclama-t-il d'un ton triomphant, je les tiens, ces fameux tableaux ! Cinq cent mille dollars ! »

A ce moment, la porte s'ouvrit et une voix brève ordonna :

La grande glace se fendit en mille morceaux...

« Haut les mains ! Je vous arrête. »

Dans le brusque silence, chacun se retourna et découvrit un groupe d'hommes qui se dressaient sur le seuil. Il y avait deux policiers, pistolet au poing. Derrière eux, Hannibal reconnut le sergent Reynolds du commissariat de Rocky, puis M. Crentch, le père de Peter. Peter lui-même se faufila dans le groupe et courut vers Hannibal.

« Babal ! J'espère que ça va ? Tu sais, nous avons été terriblement inquiets. Je ne pouvais pas dormir. J'avais quelque chose à te dire. J'ai téléphoné chez toi. Ton oncle m'a dit que tu étais chez Bob. Alors, j'ai téléphoné chez Bob. Sa mère pensait que vous étiez tous les deux chez toi. J'ai formé le numéro du P.C. Personne ! Qu'est-ce que je pouvais faire ? J'ai sauté sur mon vélo et je suis

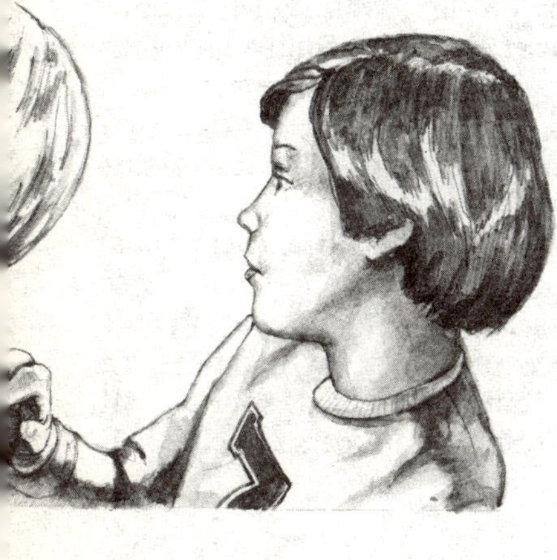

allé à toute vitesse au P.C. Je voulais voir si tu avais laissé un mot. Sur la table, j'ai trouvé ton message où il est question de la pièce aux pendules. Donc, coup de téléphone ici. Mais pas de réponse ! Comme je commençais à me faire de la bile, j'ai dit à papa que vous aviez disparu, Bob et toi. Il a appelé le sergent Reynolds et, comme tu vois, nous sommes tous venus. J'ai l'impression que nous arrivons à temps ! »

Le sergent Reynolds s'avança, prit la toile que Huganay tenait toujours, l'étala sur la table :

« Ceci a été volé il y a deux ans. Je me souviens... A l'époque, on nous avait remis des photos qui circulaient de commissariat en commissariat. »

Le sergent se tourna vers Hannibal :

« Je soupçonnais que c'était sérieux. Je me suis souvenu que Bob avait été poursuivi hier par un automobiliste et qu'on lui avait volé quelque chose dans sa voiture. De là à déduire que vous étiez jusqu'au cou dans une affaire importante, il n'y avait qu'un pas. Il me semble que nous tombons pile. Dans le même coup de filet, les voleurs et les objets volés ! »

Hannibal regarda M. Huganay. Celui-ci paraissait très calme, pour un homme qui venait de se faire prendre, après avoir joué au chat et à la souris avec la police pendant tant d'années. Et non seulement il était calme : il souriait ! Il abaissa les mains, tira un cigare de sa poche, l'alluma, puis demanda :

« Voulez-vous être assez aimable pour me dire de quel délit je suis accusé ?

– Pour commencer, répliqua le sergent Reynolds, vous êtes accusé de détention d'objets volés. Peut-être aussi de rapt, de destruction volontaire... Oh ! soyez tranquille, nous veillerons à ce que vous crouliez sous les délits !

– Vraiment ? fit Huganay en tirant sur son cigare et en lançant un nuage de fumée. Un bon conseil, mon cher : attention aux accusations téméraires. C'est par pur désintéressement que je suis venu dans cette maison chercher des toiles cachées par Théodule Tick, alias Hadley. Ce garçon, ajouta-t-il en montrant de la tête Hannibal, vous dira que lui et ses amis m'aidaient volontairement dans ma recherche. Les dégâts que vous constatez n'auraient pas eu lieu sans l'autorisation de Mme Smith, gardienne de la maison. Ils étaient nécessaires pour retrouver les toiles volées. Les voilà, sur cette table. Nous allons vous les remettre. Après quoi, nous nous retirerons.

– Un instant... », commença le sergent Reynolds.

Huganay s'adressa à Hannibal :

« Enfin, dites-lui que je ne mens pas ! »

Hannibal eut un battement de paupières. Non, Huganay ne mentait pas. Hannibal le savait bien.

« En effet, sergent, articula-t-il un peu à contrecœur, nous sommes ici volontairement, et M. Huganay cherchait la cachette des toiles volées. Tout cela est absolument vrai. »

Le sergent protesta :

« Nous le connaissons de longue date, votre Huganay ! Il avait l'intention de trouver la cachette, puis de garder les toiles.

– Ça, c'est votre opinion, objecta Huganay. Mais vous ne pouvez rien prouver. Aussi, en vous priant de nous excuser, nous allons prendre congé de vous. Nous arrêter ? Si vous faisiez cela, je vous intenterais un procès pour arrestation abusive. Je réclamerais un million de dollars de dommages et intérêts. Et je gagnerais ! »

Il fit signe à ses deux « policiers » :

« Venez. On n'a plus besoin de nous. Souhaitons bonne nuit à tout le monde. »

L'un des policiers qui accompagnaient le sergent s'exclama :

« Pas si vite ! Si vous croyez que vous allez vous en tirer comme ça ! Brigadier, regardez les deux gaillards qui accompagnent Huganay. Ce sont de faux policiers. Nous sommes en droit de leur mettre la main au collet !

– Vous en êtes sûr ? fit Huganay en étouffant un léger bâillement. Fred, je vous prie, avancez un peu. Vous voyez, messieurs, l'insigne qu'il porte ? Vous voyez les initiales ?

– N.Y.P ! murmura le sergent Reynolds avec stupeur.

– Exactement. Ces initiales signifient New York Police. Mes compagnons sont des figurants de cinéma. Je les ai engagés pour me seconder dans cette affaire. Ils portent l'uniforme de la police new-yorkaise. Or New York est à près de cinq mille kilomètres ! On ne peut accuser mes collaborateurs de se faire passer pour des policiers de Los Angeles, puisqu'ils portent l'uniforme des policiers de New York ! »

Huganay ajouta en s'adressant aux figurants :

« Vous venez ? »

Et, toujours aussi calme, il se dirigea vers la porte. Le sergent Reynolds se gratta le front :

« Dommage ! Je n'ai en effet aucune raison de les arrêter. Il n'y a plus qu'à les laisser partir. »

Hannibal hocha la tête. Il ne pouvait s'empêcher d'admirer Huganay. Car enfin celui-ci abandonnait des toiles dont il avait sûrement projeté de s'emparer. Et, une fois de plus, dans sa carrière, il faisait une sortie pleine de dignité.

Cependant, avant de quitter la pièce, Huganay se retourna et dit à Hannibal :

« Ce travail avec vous a été un plaisir pour moi. Je regrette que nous ne puissions collaborer... professionnellement. Grâce à ma connaissance du métier, je pourrais vous assurer un brillant avenir. Mais je suis sûr que nous nous retrouverons. »

Une minute plus tard, la porte donnant sur la rue s'ouvrit et se referma. Huganay et ses faux policiers étaient partis.

Le sergent Reynolds continuait à se gratter le front :

« Il est temps, Hannibal, que vous me fournissiez quelques explications. D'abord, j'aimerais savoir ce que signifie cette comédie. »

Hannibal prit sa respiration :

« Eh bien, sergent, la comédie, comme vous dites, a commencé avec un réveil hurleur. Vous comprenez... »

Et il parla très longtemps.

La parole est à Alfred Hitchcock

Il n'est pas nécessaire de reproduire tout ce que Hannibal raconta au brigadier Reynolds et aux autres personnes présentes. En revanche, vous serez peut-être intéressé par certains détails qui se dévoilèrent avant le classement officiel de l'affaire.

Les toiles volées, responsables de l'arrestation du père d'Harry, avaient été glissées sous le linoléum par Théodule Tick lui-même. Craignant d'être soupçonné par la police, il lui fournissait ainsi un coupable. Puis, dès qu'il sentit la voie libre, il quitta les Etats-Unis et alla se cacher en Amérique du Sud. Il fuyait non seulement la police et sa curiosité à rebondissements, mais aussi Carlos, Gérald et M. Jitters, membres du gang qui avait volé les toiles, car ces complices le pressaient de reprendre son activité.

Théodule Tick (la nouvelle avait été annoncée par Huganay) était mort de maladie en Amérique du Sud. Donc, impossible de le traduire en justice. Quant à Carlos, Gérald et M. Jitters, ils furent arrêtés dans le garage, et d'autant plus facilement qu'ils étaient toujours attachés au poteau central. Ils avouèrent leur appartenance au gang et innocentèrent M. Smith, le père d'Harry. M. Smith fut donc relâché et retrouva sa famille.

Théodule Tick employait un truc dans le vieux feuilleton de radio dont s'étaient souvenus le père de Peter et M. Watson. Ce truc consistait à se placer devant une glace et à produire des sons très aigus. En effet, les vibrations de certaines ondes sonores suffisent à briser le verre peu épais. Il en résultait, dans le feuilleton, une scène des plus dramatiques.

S'étant procuré une glace appropriée, Théodule Tick l'avait accrochée dans sa bibliothèque. Il l'utilisait pour cacher les toiles volées, jusqu'à ce qu'elles eussent trouvé des acheteurs. Cette cachette étant à sa connaissance la plus sûre, il y avait laissé les cinq toiles qu'il n'avait pu vendre. Mais Théodule Tick avait peut-être d'autres raisons pour choisir une glace de ce genre. A mon avis, il lui plaisait de savoir qu'il pouvait, à n'importe quel moment, la briser d'un simple hurlement. On peut penser aussi qu'il se proposait d'exécuter un jour ce tour de force devant un groupe d'amis ébahis.

C'était ce truc dont M. Crentch avait parlé à son fils. Peter s'était dit : « Babal ne doit pas être au courant. Dès demain matin... » Mais, incapable de dormir, il avait téléphoné à Hannibal. Après quoi, ayant constaté qu'Hannibal et Bob avaient disparu d'une façon qui lui paraissait inexplicable, il avait donné l'alarme.

De son côté, Hannibal avait tendance à se reprocher de ne pas avoir imaginé qu'une grande glace pouvait dissimuler plusieurs toiles de proportions moyennes. Mais Peter et Bob lui avaient fait observer :

« Bien sûr, ce détail final t'a échappé. Cependant, comment ne serais-tu pas pardonné ? Tu as été si brillant dans les autres phases de l'enquête ! »

En réalité, quand Hannibal avait pour la première fois déclenché le hurlement enregistré sur la bande magnétique, il avait remarqué que la glace vibrait légèrement et deviné ce qui était censé se produire. Il allait lui suffire d'amplifier le son, et la glace se briserait dans un fracas terrifiant... en tout cas dans un fracas assez spectaculaire pour satisfaire tout le monde, à commencer par lui-même.

Un point demeurait obscur. Pourquoi Théodule Tick avait-il adressé les étranges messages à trois amis, et le réveil hurleur à un écrivain, Walter Roy, au lieu d'envoyer tout simplement une lettre à la police ? La réponse à cette question (correcte, j'en suis certain) fut fournie par M. Roy en personne. Voici ses propres paroles :

« Théodule savait que j'étais en perte de vitesse, bref que je n'avais pas de travail depuis longtemps. A Hollywood, la publicité est d'une importance extrême. Théodule imagina un plan un peu fou. Après tout, si je n'avais pas été à l'hôpital quand le réveil est arrivé chez moi, j'aurais pu facilement contacter ses autres correspondants, résoudre les énigmes des messages, puis inviter des journalistes et des policiers à me servir de témoins lorsque j'aurais retrouvé les toiles. Pour la presse, quelle aubaine ! Et, pour moi, quelle publicité ! »

Walter Roy avait conclu :

« Théodule était certes un voleur, mais aussi un excellent ami. Son dernier geste fut d'essayer de me rendre service. Il m'est donc difficile de le dénigrer. Je ne puis que regretter que son plan n'ait pas donné les résultats qu'il en attendait.

Car, vraiment, un peu de battage ne me serait pas inutile ! »

Vous apprendrez avec plaisir, j'en suis persuadé, que, grâce aux articles parus dans la presse, M. Walter Roy a revu son nom abondamment cité et qu'il a maintenant beaucoup de travail.

Quant aux Trois jeunes détectives, ils ont classé le dossier des *Douze Pendules de Théodule.* Ils cherchent une nouvelle enquête. Cette fois, de quoi s'agira-t-il ? Je donnerais cher pour le savoir !

Alfred Hitchcock

Table

Composition réalisée par COMPOFAC - PARIS

IMPRIMÉ EN FRANCE PAR BRODARD ET TAUPIN
Usine de La Flèche, 72200.
Dépôt légal Imp : 3853 B-5 – Edit : 9991.
32-10-0974-13-9 – ISBN : 2-01-020934-6.
Loi nº 49-956 du 16 juillet 1949 sur les publications destinées à la jeunesse.
Dépôt : avril 1994.